LE QUATORZIÈME STRATAGÈME

Direction artistique et couverture : Mathieu Persan
Conception graphique intérieure et mise en page : Farida Jeannet
Correction : Catherine Garnier

44, quai Henri-IV – 75004 Paris
ISBN : 978-2-38094-446-4
Dépôt légal : septembre 2023

SANG-FROID N°7

Louis Berger

LE QUATORZIÈME STRATAGÈME

S A N G ◆ F R O I D

Pour A. F. E.

On raconte en Chine que Li Tieguai était autrefois Li Xuan, un sage à l'allure élégante et au physique gracieux. Il avait l'habitude de quitter son enveloppe charnelle pour s'envoler à la cour céleste recevoir l'enseignement de son maître, l'immortel Laozi. Son domestique, Li Qing, devait veiller sur le corps inerte avec la consigne de le brûler au septième jour si l'âme de Li Xuan ne revenait pas. Cette absence prolongée eût alors signifié son intégration définitive dans le panthéon. Mais cette fois, au bout de six jours et demi, Li Qing n'eut d'autre choix que d'accourir au chevet de sa mère mourante. Il se résolut à brûler le corps de son maître avant de partir, considérant que celui-ci était probablement devenu immortel et ne reviendrait plus dans la demi-journée qui restait à passer. Mais ce n'était pas le cas. Lorsque Li Xuan redescendit des cieux le soir même, il ne se retrouva plus. Son temps était compté. Il devait impérativement intégrer une enveloppe charnelle avant la fin du septième jour car passé ce délai, il deviendrait une âme errante pour l'éternité. Il trouva in extremis le cadavre repoussant d'un vieux mendiant, tout juste mort de faim. La dépouille crasseuse était celle d'un homme édenté, ébouriffé, difforme et boiteux, aux cavités orbitales énormes et asymétriques. Li Xuan n'eut d'autre choix que de prendre possession par son âme de ce corps diminué. Laozi lui offrit une canne en fer, d'où son surnom Li Tieguai, « Li à la béquille de fer ».

1

Au cinquième et dernier étage d'un immeuble haussmannien du 10ᵉ arrondissement de Paris, un homme à la silhouette élancée, vêtu d'un simple sous-vêtement et d'une chemise ouverte, va et vient au petit matin dans sa chambre à coucher en répétant un texte. Son épouse l'écoute avec attention depuis le lit, tandis que le chat maître des lieux, tout juste réveillé, paraît l'observer avec étonnement depuis le rebord de la fenêtre.

« (...) Après avoir dressé le bilan de nos missions, je vous dois à présent une confession. J'ai essayé, durant ces quelques années, de me montrer digne des enjeux et de me hisser à votre hauteur. Il y eut bien des succès collectifs, des exploits même, dont on ne parlera jamais en dehors de ces murs car le voile du secret demeure nécessaire à la réussite des actions futures. Mais nous avons aussi essuyé des revers cuisants. Fruits de mes décisions, ceux-là sont avant tout mes propres échecs. Guidée par l'ennemi, la mort a frappé nos frères sur les théâtres de guerre : quatre agents et deux otages. C'est certes peu au regard des risques encourus et du nombre de situations critiques dénouées, mais la République en portera toujours le deuil. La mort de ses enfants a rappelé à notre conscience commune le sens de la fragilité et de l'impermanence. Parfois, nous nous croyons invincibles quand nous sommes vulnérables, faibles lorsque nous sommes redoutables. C'est l'équilibre délicat qui caractérise notre traversée du monde. Nous pourrions faire nôtre le *Voyage de nuit* de Victor Hugo :

Le monstrueux vaisseau sans agrès et sans voiles,
Qui flotte, globe noir, dans la mer des étoiles,
Et qui porte nos maux, fourmillement humain,
Va, marche, vogue et roule, et connaît son chemin ;
Le ciel sombre, où parfois la blancheur semble éclore,
À l'effrayant roulis mêle un frisson d'aurore ;
De moment en moment le sort est moins obscur ;
Et l'on sent bien qu'on est emporté vers l'azur.

Cette envolée vers l'azur est notre devoir vis-à-vis de la France. Mes chers collaborateurs, servir notre belle nation à vos côtés m'a définitivement grandi. Du fond du cœur, merci. Je cède maintenant la barre, non sans émotion, au nouveau capitaine du vaisseau, mon valeureux successeur, Pierre-Henri de Genet. »

– Qu'en penses-tu ? Je l'ai retouché cette nuit.

– Un peu lyrique peut-être, mais touchant. Ne change rien, de toute façon, ça te ressemble.

– T'ai-je dit que le ministre des Armées sera là ?

– La ministre, veux-tu dire.

– Mme le ministre sera là, reprend-il en souriant. « Un ambassadeur est un ambassadeur, même quand c'est une femme. Il est aussi une excellence, même quand c'est un homme », disait Revel.

– Franck Barral, conservateur devant l'Éternel !

– Le conservatisme est ce qui tient un pays, Helen. C'est le dernier rempart qui protège les fondements anthropologiques…

– Des folies de la modernité, je sais ! dit-elle, feignant l'agacement. Je connais cette phrase par cœur ! Tu ferais mieux de me rejoindre sous la couette, suggère-t-elle d'un air coquin. C'est la dernière fois que je peux faire l'amour avec le chef des services secrets français.

– Hélas non. Ça, c'était hier soir. Je n'ai plus le temps maintenant, Radomir va bientôt arriver. À mon retour, tu auras un jeune retraité. On verra alors ce qui est le mieux, dit-il en venant l'embrasser sur le front. Je t'ai préparé ton petit déjeuner et j'ai vérifié tes courriels, il n'y a rien de particulier.

– Je crois que tu fais tout ça pour que je te garde.

– On ne peut rien te cacher !

Franck se redresse, marque un silence, puis reprend sur un ton plus grave :

– Tu sais, en quittant les institutions, je ne peux m'empêcher de penser à mon frère.

– Il était fier de toi et le serait encore aujourd'hui, tu peux en être sûr.

Franck soupire. « J'étais fier de lui, moi aussi, mais je ne l'ai pas assez montré… » Il détourne le regard, les lèvres pincées.

– Qu'y a-t-il ? demande Helen.

– Tu ne veux vraiment pas venir ?

– Non, je n'y tiens pas. Tu sais bien qu'ils ne m'aiment pas là-bas.

– Je sais oui, mais il ne serait pas inconvenant que l'épouse du directeur général fût présente à sa cérémonie de départ.

– Ah, toi et tes imparfaits du subjonctif, se moque-t-elle avec son délicieux accent hérité des Cornouailles. De toute façon, j'ai mon cours à donner cet après-midi.

Elle s'étire, passe sa main dans sa chevelure noire, puis se lève et enfile sa robe de chambre couleur crème. Le maître chat décide, quant à lui, de retourner faire un somme, cette fois sur la méridienne installée à droite du lit, à côté de la table basse. Sur celle-ci sont savamment posés quelques galets ramenés des Hébrides et *The Lewis Trilogy* de Peter May. Helen poursuit :

– Je dois accueillir le traiteur dans la matinée et tout installer. Les invités arriveront à 19 h 30, tu te rappelles ?

– Je ferai de mon mieux pour être à l'heure, promis. J'espère que les plats seront bons et que tout le monde appréciera l'idée d'un traiteur chinois !

– Quoi qu'il en soit, ce que j'ai goûté dans la boutique était excellent. En plus, il apporte un meuble réfrigéré pour garder les plats au frais.

– Parfait. Au fait, sur quoi porte ton cours aujourd'hui ? demande Franck en disparaissant dans le dressing.

– Sur la règle procédurale de priorité d'examen des moyens de constitutionnalité sur les moyens de conventionnalité dans le droit européen.

– Oh, tu parles d'un pensum, plaisante-t-il en ressortant avec une paire de chaussettes dans une main et une cravate dans l'autre. Tes étudiants paieraient cher pour plutôt venir à mon pot de départ.

– Toi et tes espions feriez surtout mieux de prendre des cours de droit, butors que vous êtes !

– Cette cravate va bien avec cette chemise ?

– Oui, c'est joli. Tu sais, dit-elle en s'approchant tendrement, je crois que partout où tu passes, les bureaucrates jalousent ton… iné-ga-lable élégance… *Hey*! J'ai réussi à le prononcer!

– Bravo! Mais reconnais que cette inégalable élégance n'est pas pour te déplaire…

– C'est vrai, dit-elle en l'embrassant, mais avoue toi aussi que tu te régales à l'idée de faire passer Genet pour un plouc!

– Ce n'est pas bien dur, il ne ressemble à rien avec ses cravates roses trop courtes. Tu sais qu'il a déjà emménagé dans l'appartement de fonction?

– Toi, tu n'en as jamais voulu, répond-elle depuis la salle de bains, mais tu as tort, ça donne de l'importance, un beau logement de fonction.

– Tu parles, cela ne l'empêchera pas de continuer à utiliser sa garçonnière!

– Fais attention, ne montre pas trop que tu ne l'aimes pas.

– Il ne m'aime pas non plus et ne s'en cache pas.

– Des butors! C'est bien ce que je disais, lâche-t-elle avec ironie en marchant vers la cuisine.

De son côté, Franck noue sa cravate devant le miroir au cadre ligneux et rectangulaire. Il l'offrit à Helen lors d'un séjour à Barcelone après qu'elle eut remarqué ce meuble qui lui rappelait *La Psyché* de Berthe Morisot. L'aménagement de ce coin de chambre est d'ailleurs un clin d'œil à ce tableau, à ceci près que le meuble d'assise de couleur claire à son côté n'est pas un canapé, mais la méridienne où le chat donne parfois l'impression de méditer sur le monde.

On dit d'un miroir qu'il a pour vertu la fidélité aux choses qui se présentent à lui ; il les réfléchit sans les déformer ni se les approprier. S'il est vrai qu'on ne peut le tromper, que signifie alors cette gravité soudaine qui semble l'envahir ? Le reflet s'évanouit presque aussitôt comme une hirondelle traverse un morceau de ciel sans laisser de traces.

Sa tenue rapidement ajustée, Franck quitte la chambre pour rejoindre Helen dans la cuisine à l'autre bout de l'appartement. Ils ont acheté ce nid douillet à leur retour de Bosnie-Herzégovine, il y a maintenant une dizaine d'années. Franck y avait été nommé ambassadeur. C'était son troisième poste de représentation à l'étranger, le plus prestigieux qu'il eût occupé. Il avait exercé auparavant les fonctions de premier secrétaire d'ambassade en Thaïlande, puis de consul au Maroc. Franck n'a pas emprunté la voie royale qui passe par l'École nationale d'administration, ce qui lui vaut d'être mésestimé par nombre de ses pairs. Il n'a pourtant pas à rougir de son parcours car après des études en philosophie et en sciences politiques, il intégra le renseignement comme analyste, puis officier opérations et réussit ensuite le concours prestigieux du cadre d'Orient. Quelques années plus tôt, il avait présenté une thèse au département de Politique et de Relations internationales de l'université d'Oxford, thèse consacrée à la coopération européenne en matière de cyberdéfense. Son parcours dans l'administration centrale lui avait fait rencontrer le futur Président de la République qui était alors ministre de la Défense. Ce dernier le prit à son service comme conseiller durant quelques mois. Aussitôt élu, il lui confia la direction de la DGSE, la Direction générale de la sécurité extérieure. C'était huit ans auparavant.

Les années les plus chères à son cœur sont celles qu'il passa au Royaume-Uni car c'est là-bas qu'il fit la connaissance d'Helen, plus jeune que lui de quelques années. Elle avait intégré, de son côté, la faculté de droit d'Oxford avec le projet d'enseigner à l'université sitôt le doctorat en poche. Ils se rencontrèrent dans un pub à l'occasion d'une soirée avec des amis communs et se découvrirent une complicité soudaine en plus d'une attirance physique réciproque. Toutefois, Helen emballait surtout les cœurs par son âme claire, à la fois douce et résolue. La brillante étudiante n'hésitait pas à entamer la rigueur froide des textes de loi par la récitation enjouée de quelque poème. C'était, avec la musique, une façon de vérifier qu'elle demeurait bien vivante. La poésie ouvre des horizons indicibles, elle étend notre regard à l'essentiel du monde quand celui-ci est sur le point de nous échapper. « Tant que des poèmes nous touchent, nous restons humains », se plaît à dire Helen. La poésie qui l'inspire est classique ou moderne, tantôt chinoise, tantôt européenne, somme toute à son image. Helen naquit en Chine de parents chinois avant de devenir rapidement fille adoptive de Grande-Bretagne. Aujourd'hui, de par son mari et son poste dans une université parisienne, elle porte également une part de France en elle.

On frappe à la porte.

– 7 heures pile ! C'est Radomir, dit Franck en prenant son manteau et sa sacoche.

– Bonne journée mon chéri, à ce soir, lui lance Helen en buvant son thé. Nous fêterons ta liberté et ta légèreté retrouvées.

Franck se fige devant la porte et la regarde fixement de ses yeux bleu-gris.

– Qu'est-ce qu'il y a ? Qu'est-ce que j'ai ? demande-t-elle.

– Rien, rien… Je t'aime Helen…

– Décidément, tu es bizarre aujourd'hui… Je t'aime aussi, répond-elle avant d'ajouter en souriant : *Hurry up! Radomir's getting impatient.*

2

Radomir est l'un des principaux gardes du corps du directeur général, celui avec qui ce dernier éprouve le plus d'affinités. C'est aussi le seul demeuré fidèle à son poste durant ces huit années. Il est un héros de la Légion étrangère qui fut notamment décoré pour fait de guerre. Mais aujourd'hui le tigre se tapit sous le costume cravate d'un agent polyglotte, affable et discret, dont la minutie silencieuse trahit un professionnalisme implacable.

– Tout va bien, monsieur le directeur ? Rien à signaler ?

– Non, répond Franck dans un soupir, tout va bien si ce n'est que j'appréhendais ce jour.

Les deux hommes s'engagent dans l'escalier.

– Demain, vous commencerez une nouvelle vie et vous y prendrez goût, poursuit Radomir avec son léger accent macédonien.

– C'est gentil, puissiez-vous dire vrai. Vous passerez me voir en Sologne ?

– Refaire le monde autour d'un délicieux whisky ou partager un souper de Burns ? Oui, soyez sûr que je viendrai.

– Connaissez-vous mon successeur ?

– Pas encore, nous le rencontrerons aujourd'hui. Vous avez quelque chose à me dire sur lui ?

– Officiellement, non. Officieusement, il n'est pas méchant, mais il ne faut pas le laisser mordre.

– Merci, je tâcherai de m'en souvenir.

Les deux hommes arrivent au bas de l'escalier qui mène à l'entrée de l'immeuble où les attend un des deux autres gardes du corps.

– Avec votre autorisation, nous récupérerons le matériel de vidéosurveillance aujourd'hui ou demain.

– Faites au mieux, pas de problème. De toute façon, notre chère concierge vaut tous les systèmes de surveillance du monde !

À ce moment, les deux hommes passent précisément devant la loge de Mme Fonte qui les salue d'un signe amical. Le véhicule de fonction blindé attend le directeur sous le porche, prêt à partir, comme à l'accoutumée. Radomir ouvre à Franck la portière arrière droite, la referme, puis monte à son tour à l'avant, côté passager. La voiture s'engage sur le boulevard de Magenta, suivie par celle des deux autres gardes du corps. Le dispositif de sécurité a été renforcé depuis la détection de nouvelles menaces contre les services chargés de la sécurité nationale.

Quinze minutes plus tard, les deux véhicules pénètrent dans l'enceinte de la Centrale, le quartier général de la DGSE situé boulevard Mortier. Ils contournent le carré de pelouse qui entoure le monument à la mémoire des agents tombés pour la France, puis s'arrêtent devant l'entrée du bâtiment principal.

– Monsieur le directeur, se risque Radomir avant d'ouvrir sa portière, un peu gêné, je voulais vous dire…

– Oui ?

– On va vous regretter ici. Jamais, je crois, les agents n'ont été aussi attachés à leur directeur général. En ce qui me concerne, c'était un honneur et une joie de vous servir. Vous avez été bienveillant avec moi, je vous en remercie infiniment.

Les larmes aux yeux, Barral ne répond rien. Il hoche la tête et pose sa main sur l'épaule de son garde du corps. « Ce ne sont pas les directeurs que je regretterai, ça c'est sûr. Faites attention à vous, messieurs. »

Franck sort du véhicule et disparaît dans le bâtiment. Les collaborateurs du premier cercle sont là, de bonne heure comme tous les jours. Il prend le temps de les saluer individuellement avant de gagner le secrétariat de son bureau qui se trouve au niveau supérieur.

– Bonjour Laurence, tout va bien chez vous ? La petite s'est remise ?

– Oui, ça va mieux, merci monsieur le directeur. J'en profite pour vous rappeler le déroulement de votre journée : à 9 heures, réunion avec les directeurs ; à 10 h 15, réunion du cabinet ; à 11 heures, entretien avec le conseiller chargé du protocole et le chef de corps pour la cérémonie de cet après-midi ; à 13 h 15, arrivée du nouveau directeur, M. de Genet, avec qui vous vous entretiendrez jusqu'à l'arrivée de la ministre à 14 h 45. La cérémonie débutera à 15 heures et s'achèvera à 15 h 45, suivie du pot de départ dans vos salons.

– Ah mais ce ne seront plus les miens à ce moment-là ! répond Franck en souriant.

– Hélas oui, monsieur le directeur. Enfin, l'Élysée envoie une voiture vous chercher à 17 h 15. Votre entrevue avec le Président est toujours prévue à 18 heures.

– Entendu, merci Laurence. Dommage que je prenne ma retraite, sans quoi je vous aurais emmenée avec moi pour mon affectation suivante. J'espère que Genet prendra conscience de la chance de vous avoir à ses côtés.

Franck entre dans son bureau, puis en referme la porte. C'est une pièce aux murs clairs, aménagée pour être fonctionnelle et rendue lumineuse par une large baie vitrée. Cette lumière venue de l'extérieur permet au maître des lieux de reprendre sa respiration quand le poids des dossiers le précipite un peu plus dans l'abîme du monde. De graves décisions ont été prises derrière ce mobilier foncé : intervenir ici mais ne pas bouger là, dans l'intérêt supérieur du pays quand l'éthique personnelle eût parfois exigé le contraire. Sur l'un des murs, Franck a fait accrocher les photos des agents morts en mission afin de ne jamais oublier les implications humaines des engagements politiques, la fidélité au réel et l'hommage au sacrifice.

La matinée de ce dernier vendredi se déroule selon l'agenda prévu. Le directeur général se réunit avec le directeur technique et ceux de l'administration, du renseignement, des opérations et de la stratégie. Souvent les relations personnelles entre directeurs sont mauvaises. Il en va de même pour cette équipe à l'exception du directeur des opérations, Tristan de son pseudonyme, qui est un ami proche de Barral. Les entretiens terminés, Franck va au restaurant administratif, la « cafète », parmi les agents. Ce n'est certes pas l'usage, mais il l'a fait régulièrement au cours de ces huit années. C'est son côté « proche du peuple », disent ses détracteurs, dont Genet. Mais c'est aussi le moyen, en court-circuitant la hiérarchie intermédiaire selon laquelle tout va toujours bien, d'échanger directement et au plus juste avec les analystes, car ce sont eux qui font le renseignement. Encore leur faut-il oser dire la vérité, parfois embarrassante, sur les problèmes qu'ils rencontrent quotidiennement. Mais au fil du temps, Franck a su gagner leur confiance.

Cette fois, Barral ne s'attarde pas. Il retourne au bureau accueillir son successeur, Pierre-Henri de Genet. Celui-ci arrive à l'heure, portant comme prévu une cravate rose et courtement nouée. Il entre dans la pièce et après une poignée de main tout juste polie, les deux hommes se mettent au travail. La nécessité professionnelle sur un temps limité constitue un moyen efficace pour contenir les inimitiés. Il faut dire que les dossiers d'importance ne manquent pas. Ce sont autant la menace terroriste que les enjeux économiques et sanitaires au lendemain de la crise de la Covid-19, sans oublier la cyberdéfense ou encore le contre-espionnage…

– Quand vous parlez de pénétration de nos institutions par des services étrangers, Franck, vous songez surtout aux Russes, n'est-ce pas ?

– Plus maintenant, même s'ils demeurent une menace sérieuse. Les services les plus offensifs dans ce domaine sont aujourd'hui les Chinois avec le MSE[1], en particulier le deuxième bureau.

– Comment s'en protège-t-on ?

– Nous avons bien sûr un secteur de contre-espionnage performant qui travaille en étroite collaboration avec l'Intérieur.

1. Le ministère de la Sécurité d'État chargé, entre autres, des opérations extérieures.

– La DGSI ?

– Oui, la DGSI. Mais cela concerne nos institutions et les intérêts nationaux au sens large. Pour débusquer plus spécifiquement les agents doubles au sein de notre propre Service, nous avons monté une cellule spéciale, directement rattachée à la direction générale : le BAR, ou bureau des Affaires réservées.

– Vous me concéderez que l'acronyme n'est pas très heureux.

– Je vous le concède, mais ce bureau me paraît très efficace et c'est là l'essentiel.

– Pourquoi vous « paraît » ?

– Parce que ce n'est pas facile d'avoir une idée juste de l'efficacité de son action. Ce sont de vrais pisteurs. En quatre ans, ils ont démasqué trois agents retournés par les Chinois. Mais on ignore combien il y en a en réalité. Probablement plus, peut-être beaucoup plus…

– Qui dirige la cellule ?

– Le colonel Bertrand qui est sur le départ pour des raisons de santé. D'ailleurs, il ne vient quasiment plus au bureau. C'est son adjoint qui assure l'intérim et, entre nous soit dit, je préfère car il est bien meilleur. Son pseudo est Hector.

Le téléphone sonne. Franck décroche : « Oui Laurence ? Entendu. Nous sommes prêts. » Il raccroche. « Les premiers officiels seront là dans vingt minutes. Passons au fonctionnement du coffre et aux procédures d'urgence. »

La cérémonie commence à 15 heures, comme prévu. Elle a lieu dans la cour centrale face au monument aux morts sous un beau ciel d'automne. Dans les arbres orangés, des pies jacassent avec insolence. Tous les agents sont conviés. Une retransmission en direct a également été rendue possible dans les bureaux via les postes informatiques. Les trois précédents directeurs généraux sont présents, ainsi que le chef d'état-major des armées au côté de la ministre. C'est à elle qu'il revient de prononcer le discours inaugural. Elle vante alors les mérites de cette administration « aussi discrète que remarquable » avant de louer les compétences de son directeur sortant et de son successeur. Barral prend ensuite la parole et récite son texte avec une vive émotion qui n'est pas sans toucher l'auditoire. Il n'omet pas de remercier « madame le ministre », qui ne semble pas goûter cet usage suranné. Franck ne cède rien à l'air du temps. « Je n'ai jamais rencontré mon époque », aime-t-il répéter à qui veut l'entendre.

C'est enfin au tour du nouveau directeur d'adresser à son prédécesseur un mot qui, à défaut d'être chaleureux, s'avère au moins poli. Tandis qu'il l'écoute, Franck ne peut s'empêcher de sourire intérieurement devant la situation saugrenue qui se répète chaque année lors des cérémonies ou des commémorations : le chef des services spéciaux parlant au micro en extérieur et dont les propos inondent par-delà les murs d'enceinte tout un quartier parisien. Il ne peut s'empêcher non plus, sans sourire cette fois, de regarder quelques visages parmi les premiers rangs. Ceux-là n'ont que faire des intérêts de l'État. Ils ont installé un système mafieux au cœur même du Service pour accroître leur influence et leur richesse personnelle. De sombres rumeurs circulent sur des détournements de biens et de fonds publics, des pratiques louches dissimulées au Liban ou ailleurs, des choses que le contribuable et le citoyen doivent surtout ignorer. Franck a bien tenté de se débarrasser de ces coquins, mais en vain. Il s'en fallut même de peu qu'il ne perdît sa place à cause de cet idéalisme naïf car enfin, quelle que soit la cause à servir, le monde du renseignement se fonde sur le secret et l'analyse, mais aussi le mensonge, la manipulation, la compromission et la trahison. Comment rêver de probité partagée ? Les ramifications s'en vont jusqu'au plus haut sommet de l'État, quelle qu'en soit la figure. Mieux vaut donc composer avec ces accommodements ou feindre de les ignorer. Une hypocrisie de préservation, en somme.

À la fin des discours, les agents retournent à leurs occupations tandis que les directeurs, les chefs de service et les « hautes personnalités » invitées, selon le jargon protocolaire, se dirigent vers les salons de la direction générale pour déguster quelques petits-fours et rafraîchissements. C'est le moment pour Franck de saluer une dernière fois ses proches collaborateurs, dont certains sont déjà occupés à se positionner auprès du nouveau directeur général. « *Panta rhei* », se dit Barral. La délégation ministérielle est, quant à elle, déjà repartie, tandis qu'approche la voiture de l'Élysée. Avant de se retirer, Franck s'adresse à Tristan : « À ce soir, 19 h 30. »

3

Barral franchit les marches du perron. Son allure ne trahit pas la joie légère d'un jeune retraité, mais plutôt le respect solennel devant le protocole, ce théâtre sérieux dont le rideau n'est pas encore tombé. On lui ouvre les portes en verre du vestibule d'honneur où un huissier l'accueille pour l'accompagner au premier étage. Il regarde en passant l'*Hommage à la Révolution de 1789* d'Arman, puis gravit l'escalier Murat daté du Premier Empire. « Monsieur, veuillez attendre dans l'antichambre. Le Président tient à venir lui-même à votre rencontre. »

Franck s'assied dans le fauteuil, à droite du canapé. La décoration de la pièce a été refaite depuis sa première visite. Deux tapisseries tissées d'après l'œuvre de Matisse, *Polynésie, la mer* et *Polynésie, le ciel*, sont accrochées aux murs, tandis qu'un tapis carré et une table ronde contribuent à l'atmosphère bleuie de l'ensemble. Une orchidée blanche orne un meuble dont le modernisme contraste avec l'élégance classique des lieux. Sans doute lui faudra-t-il attendre un peu, d'où les journaux mis à disposition du visiteur. Mais Barral n'a pas le cœur à lire, il s'abîme dans quelque songe, tandis que son regard paraît traverser le plancher. L'âme est devenue vagabonde et le corps statuaire.

La porte s'ouvre.

– Bonjour Franck.

– Bonjour monsieur le Président, répond Barral en se levant, à peine revenu à lui-même.

– Même aujourd'hui, vous persistez à m'appeler ainsi ?

Les deux hommes se donnent une accolade chaleureuse.

– Et ce, aussi longtemps que vous serez à l'Élysée, monsieur le Président, poursuit Franck avec un sourire espiègle.

– D'accord, je n'insiste pas. Allons nous installer dans mon bureau si cela vous convient.

– J'aurais mauvaise grâce de m'en plaindre, répond Barral en suivant son hôte.

Tous deux pénètrent dans le salon Doré. Un huissier referme la porte.

– Franck, je vous en prie, asseyez-vous sur le canapé du Général.

Les deux hommes s'installent.

– Je suis très touché par votre invitation, monsieur le Président.

– Après tout ce qu'on a fait ensemble, c'est la moindre des choses. Je tenais à vous saluer avant votre départ et surtout à vous remercier pour le formidable travail que vous avez accompli à mes côtés depuis l'époque du ministère. Je vous dois beaucoup, Franck. J'ai d'ailleurs un cadeau pour vous. Il est contre le mur, à votre gauche.

Franck se tourne et découvre un bâton de randonnée de superbe facture.

– Quand j'ai été élu, vous m'avez offert une épée écossaise de l'un de vos meilleurs forgerons. Sachez que je la garde précieusement. En retour, et de par ma filiation gersoise, je vous offre un bâton gascon personnalisé. La commande a été passée il y a plus d'un an.

– Il est magnifique.

– J'ai fait incruster dans le pommeau un penny de David I et graver sur la partie argentée *Auld Lang Syne* de Robert Burns.

– « Aux jours du temps passé ! »

– En souvenir de notre collaboration, Franck, et en hommage à vos origines écossaises. La France et l'Écosse, une sacrée histoire ! C'est une façon modeste de la célébrer.

– Je ne sais que dire…

– Ne dites rien. Je suis content que cela vous plaise. Parlez-moi plutôt de vos projets.

– J'ai assez voyagé, assez travaillé. Ce sera désormais jardinage et écriture !

Les deux hommes poursuivent leur discussion amicale et rient d'anecdotes passées tout en dégustant un whisky français.

– Comment le trouvez-vous, Franck ?

– Il est très bon, mais pour être franc, je suis habitué aux malts écossais plus tourbés.

– Évidemment. En même temps, que donnerait un cabernet des Highlands ?

Le Président repose son verre et prend soudain un air sérieux. « Franck, je voulais aussi aborder un autre sujet avec vous. » Il marque un temps avant de poursuivre sur un ton grave :

– On m'a récemment fait part d'une enquête conjointe des Américains et des Bosniens sur l'implication de la France dans une opération de manipulation chinoise au cœur des Balkans. Je n'en sais pas plus, mais je devine qu'il s'agit de l'affaire de Sarajevo, même si celle-ci commence à dater. Dois-je m'en inquiéter ?

– Non, monsieur le Président. Cela n'ira pas bien loin et c'est l'œuvre d'un homme, pas de la France.

– Un homme certes, mais que l'institution a couvert, n'est-ce pas ?

– Un court moment, le temps de réfléchir aux mesures appropriées. Il a fait défection et s'est enfui. Cela va bientôt faire douze ans, vous n'étiez pas aux responsabilités. Que pourrait-on vous reprocher ?

– La dette de mon prédécesseur qui ne l'a pas fait arrêter à temps. Le nouveau président américain ne se gênerait pas pour en tirer quelque avantage, surtout en ce moment…

– Et c'est sans parler des présidents russe et chinois ! répond Barral d'un ton rieur.

– Bon, je constate que cela ne vous inquiète pas plus que cela, sans doute ferais-je mieux de suivre votre exemple !

Il termine son verre, puis reprend : « Désolé mon cher Franck, mais je vais devoir me retirer car j'ai un autre rendez-vous. N'oubliez pas votre bâton gascon. Il est prévu que le chauffeur vous raccompagne chez vous. » Les deux hommes se lèvent, marchent vers la sortie du salon et se serrent la main.

– Dites-moi avant de partir, que pensez-vous de votre successeur ?

– Sauf votre respect, monsieur le Président, il est énarque et ne m'apprécie guère. Mais malgré ces deux défauts notables, je suis sûr qu'il fera un très bon directeur général.

– Merci Franck. Mes amitiés à Helen.

Sitôt dans la voiture, Barral se saisit de son téléphone portable. Il est 19 h 55. Les messages sont nombreux, mais aucun n'est de son épouse. L'un d'eux vient de Tristan, il le lit en priorité : « Appelle-moi dès que possible. » Franck le contacte aussitôt :

– Tristan, je suis en retard, désolé. Que se passe-t-il ?

– As-tu des nouvelles d'Helen ?

– Non, mais elle est forcément à la maison à cette heure-ci. J'allais l'appeler d'ailleurs...

– Écoute, ce n'est sûrement rien et je ne veux pas t'inquiéter, mais nous sommes devant ta porte et personne ne nous ouvre. J'ai appelé Helen à plusieurs reprises sur son portable et sur votre fixe, elle ne répond pas. La concierge affirme ne pas l'avoir vue rentrer. Ça ne veut rien dire, bien sûr, elle peut l'avoir ratée... Elle a dû ressortir faire une course et va revenir d'une minute à l'autre.

– Non, c'est étrange, Helen est censée être avec vous.

– C'est bien mon avis, d'où mon message. Par prudence, il faudrait s'assurer qu'elle n'a pas fait un malaise dans l'appartement...

– C'est une porte de sécurité, on ne peut pas l'ouvrir sans la clé. La concierge possède un double. Va la voir, elle te reconnaîtra.

Franck raccroche et tente d'appeler Helen à son tour, en vain.

– Tout va bien, monsieur ? demande le chauffeur.

– Pourriez-vous accélérer, s'il vous plaît.

– Bien monsieur.

Le chauffeur allume aussitôt le gyrophare et force l'allure jusqu'à parvenir à destination quelques minutes plus tard. Franck se précipite sous le porche, bâton gascon à la main, et y retrouve Tristan avec son épouse et les autres invités déjà sur place.

– On a vérifié, elle n'est pas dans l'appartement. Il n'y a pas lieu de s'alarmer, elle ne va pas tarder.

– Pourquoi diable ne répond-elle pas au téléphone ?

– Son portable est en haut, elle ne l'a pas pris. Elle n'est sans doute pas loin…

– Cela ne lui ressemble pas, répond Barral, apparemment soucieux. Ne restons pas là, montons.

Franck pénètre dans l'appartement et s'aperçoit que rien n'est prêt. La table n'est pas mise et les plats sont encore dans le meuble glacière apporté par le traiteur. Celui-ci est bien venu, mais aucun des éléments censément installés par Helen n'est en place. « Il se passe quelque chose, ce n'est pas normal… » Il découvre alors le sac à main et le portable, tous deux posés sur le buffet de la salle à manger. « Elle ne serait jamais sortie sans sac ni téléphone ! » Il se retourne vers Camille, la meilleure amie de son épouse et sa directrice de département à l'université :

– Camille, Helen ne t'a rien dit ?

– Non…

– Tu l'as vue aujourd'hui ?

– Eh bien non Franck puisqu'elle était avec toi à ton pot de départ.

Franck marque un temps, de même que Tristan derrière lui.

– Comment ça, elle était avec moi ? Elle n'a jamais voulu venir.

– Je sais qu'elle n'y tenait pas, mais elle m'a envoyé un courriel ce matin de bonne heure pour m'avertir qu'elle avait changé d'avis et qu'elle reportait son cours, me demandant d'en informer le secrétariat pédagogique. Elle a même écrit qu'elle voulait te faire plaisir car elle avait compris combien ce jour comptait pour toi... J'étais persuadée que vous étiez ensemble...

Un épais silence envahit la pièce.

– Qu'est-ce qu'on peut faire, Franck ? demande Camille.

Barral ne répond pas. Il réfléchit et donne l'impression de rassembler les pièces d'un puzzle dont il ignore le motif. Il tourne sur lui-même, regarde sa montre : 20 h 22. Son visage assombri renseigne les convives sur la gravité de la situation. « La vidéosurveillance ! » dit-il soudain à voix haute. « La vidéosurveillance va nous renseigner ! »

– Est-ce qu'on peut t'aider, Franck ? Préfères-tu qu'on reste ou qu'on s'en aille ? demande un invité.

– Je préfère que vous partiez... Je vous tiendrai au courant, promis.

Tandis que tout le monde quitte l'appartement dans une atmosphère pesante, Barral s'adresse à Tristan :

– Peux-tu rester, s'il te plaît ? Je vais sans doute avoir besoin de toi.

– Oui, bien sûr.

– Assure-toi qu'Helen ne soit pas hospitalisée quelque part, je dois passer un coup de fil.

– Entendu.

Barral prend son portable et compose le numéro de son ancien garde du corps. « Radomir, désolé de vous déranger, c'est urgent. J'ai besoin de savoir si la vidéosurveillance est encore en place... Elle l'est ? Formidable. Était-elle activée aujourd'hui ? Bon, vous avez toujours accès aux enregistrements ? Pouvez-vous venir tout de suite ? Je crois qu'Helen a disparu. »

Barral raccroche et reste silencieux. Il mesure l'irréversible. Le monde que façonne notre quotidien nous abandonne différemment selon les circonstances. Tantôt il s'écoule de nos bras sans que nous puissions le retenir, tantôt il se disloque et meurt par morceaux. Il arrive aussi qu'il sombre tout à coup dans les abîmes. Ce monde que façonne notre quotidien, on ne le regarde pas tant qu'il est là, mais on espère le revoir sitôt qu'il s'en va. « On est pleins de choses qui nous jettent au-dehors », se disait Pascal. Or il est bien difficile de revenir en soi-même pour aimer ce qui nous arrive, plus difficile encore de composer avec les regrets. Le regard de Franck s'arrête sur un petit cadre en bois posé sur une étagère de la bibliothèque. On y lit en son centre cette phrase de René Char : « Il faut être l'homme de la pluie et l'enfant du beau temps. »

4

– Aucune trace d'Helen dans les hôpitaux parisiens ni dans les commissariats, aucun accident recensé dans les environs. Je ne sais pas si c'est une bonne ou une mauvaise nouvelle, dit Tristan après avoir raccroché son portable.

– On va probablement en savoir davantage dans quelques minutes. Radomir est en chemin.

– Que peut-il faire pour toi ?

– Comme j'ai refusé le logement de fonction, le service de protection rapprochée a installé dans le bâtiment, au rez-de-chaussée et sur le palier, un système de vidéosurveillance des plus discrets. Et par chance, ils n'ont pas encore eu le temps de le désinstaller.

– Les gens de l'immeuble le savent ?

– Non. Même Helen n'est pas au courant. Son côté défenseur des droits ne l'aurait pas permis.

– Pourquoi ne signalez-vous pas tout de suite sa disparition à la police ? demande l'épouse de Tristan qui est restée.

– De par notre appartenance au Service, lui répond-il, nous avons une procédure spéciale dans ce genre de cas. Voyons d'abord ce que nous disent les images et nous aviserons après.

On frappe à la porte. Barral ouvre aussitôt.

– Merci d'avoir répondu à l'appel.

– J'ai fait aussi vite que possible, Franck.

Radomir salue Tristan et sa femme, puis sort rapidement de son sac un petit ordinateur portable qu'il pose sur la table. « On visionne les enregistrements sur cet appareil sécurisé. » Il l'allume, puis le configure. « Je prends ceux d'aujourd'hui et mets les deux canaux en simultané. » L'écran est alors partagé en deux fenêtres correspondant aux deux caméras installées.

– Commencez directement à partir de notre départ de ce matin, voulez-vous ?

– Entendu, partons de 7 heures.

L'écran montre Barral quittant son domicile avec ses gardes du corps. Radomir fait défiler la suite des enregistrements en vitesse accélérée jusqu'à l'évènement suivant. Il est 10 h 30, Helen n'est pas encore sortie de l'appartement quand deux livreurs d'origine asiatique font leur apparition. L'un d'eux ressort, puis revient avec un meuble glacière qu'il déplace à l'aide d'un diable. Les deux hommes portent des gants en nitrile ou en latex.

– Qu'est-ce donc ? demande Tristan.

– Le traiteur et sa marchandise, répond Franck en montrant le meuble dans la pièce.

La caméra du rez-de-chaussée filme les livreurs en train de déposer délicatement leur chargement dans le petit ascenseur autour duquel s'enroule l'escalier, avant de gravir à pied les cinq étages. La caméra du palier prend le relais et montre l'arrivée simultanée de l'ascenseur et des deux hommes devant le domicile des Barral. Ils sonnent, Helen ouvre la porte en grand. On l'aperçoit fugacement dans l'entrée. Après avoir récupéré leur meuble glacière, les livreurs pénètrent dans l'appartement. Ils ressortent dix minutes plus tard, accompagnés d'Helen vêtue de son manteau.

– Pourquoi sort-elle avec eux ? se demande Tristan à voix haute.

– Elle n'envisage pas de partir puisqu'elle ne prend pas son sac. Tout cela n'est pas logique.

– Curieux, c'est l'un des livreurs qui referme la porte de l'appartement.

– Helen n'est pas comme d'habitude, elle semble contrariée. Il a dû se passer quelque chose.

Tous trois redescendent par l'escalier, puis sortent du bâtiment d'un pas célère. Radomir reprend le défilement des enregistrements en accéléré jusqu'à l'arrivée des premiers invités à 19 h 25. Rien ne s'est passé entre-temps. Helen n'est jamais rentrée.

– Radomir, êtes-vous sûr qu'il n'y a pas de coupures dans les enregistrements ?

– Impossible Franck, c'est sécurisé et puis l'affichage horaire le révélerait. Or, ce n'est pas le cas.

– On ne sait même pas si Helen est finalement partie avec eux, soupire Tristan. Vous n'avez pas installé de caméra à l'extérieur, j'imagine…

– Non, mon général.

Barral ne dit plus rien. Il paraît hébété. Tristan le secoue par les épaules.

– Franck, reprends-toi ! Il faut déclencher la procédure Égide ! Ta femme a peut-être été enlevée.

– Seul Genet peut demander au Premier ministre de l'activer, répond Barral qui s'est ressaisi. Je lui en ai parlé cet après-midi. Je l'appelle immédiatement.

Il s'empare aussitôt de son téléphone et compose le numéro à partir du répertoire. Pendant ce temps, Tristan fouille rapidement l'appartement jusqu'à trouver ce qu'il cherchait : la facture du traiteur avec ses coordonnées.

– Genet demande immédiatement le déclenchement d'Égide et me donne rendez-vous à la Centrale dans une heure et demie, le temps de réunir le BAR, dit Franck à voix haute.

– Parfait. Dis-moi, c'est bien ce traiteur ? demande Tristan en montrant la facture.

– Je crois oui…

– Tu crois ?

– Je ne le connais pas, ce traiteur, c'est Helen qui l'a choisi. Mais je ne vois pas ce que ça pourrait être d'autre.

– C'est une véritable adresse au moins ?

– Oui, c'est à Bagnolet. La boutique existe, elle y est allée.

– Alors on a déjà perdu trop de temps. J'ai une équipe opérationnelle sur Paris qui peut visiter les locaux dès ce soir.

– L'Intérieur ne va pas apprécier, mon général, se risque à dire Radomir.

– Si mes hommes ne trouvent rien, l'Intérieur n'aura pas besoin de le savoir officiellement, et s'ils trouvent quelque chose, ça prouvera qu'on aura eu raison de le faire. De toute façon, c'est notre seule piste. J'en prends la responsabilité… Et puis, j'ai mes relations ; il faut bien qu'elles servent de temps à autre !

– Fort bien, mon général.

– Radomir, votre ancien directeur a toute confiance en vous ; par conséquent, moi aussi. Je vous confie mon épouse. Pouvez-vous la raccompagner à la maison ? On se rejoint ensuite directement à la Centrale, je m'occupe d'y emmener Franck.

– À vos ordres, mon général.

Quelques minutes plus tard, Barral et Tristan se retrouvent dans l'appartement faiblement éclairé, assis dans les fauteuils du salon en compagnie du maître chat. Le directeur des opérations a envoyé son équipe œuvrer dans le plus grand secret, comme à son habitude. Tristan est un général de l'armée de Terre à la carrière bien remplie. Il a aujourd'hui la cinquantaine et son physique rappelle le redoutable talonneur qu'il fut autrefois.

– Franck, maintenant qu'on est tous les deux, tu n'as rien à me dire ?

– Que veux-tu que je te dise ?

– Elle ne serait pas partie ?

– Mais non, c'est du passé tout ça. On a réussi à recoller les morceaux et tout va mieux, je t'assure. Et même si elle avait décidé de me quitter, elle ne l'aurait jamais fait de cette façon ni choisi ce jour ; tu la connais.

– Oui, je te crois volontiers. Alors à coup sûr c'étaient des Chinois ! Triades ou services secrets ? Pourquoi s'en prendraient-ils à toi maintenant ? Tu as une idée ?

– Jusqu'à preuve du contraire, ils s'en sont plutôt pris à Helen.

– Helen est professeur de droit. Toi, tu as dirigé la DGSE pendant huit ans, tu en étais encore le directeur général ce matin ! S'il s'agit vraiment d'un enlèvement, c'est toi qui es visé à travers elle, tu t'en doutes bien.

– Tu crois qu'elle est encore vivante ?

– Ça dépend de leur projet, répond Tristan après un long soupir. Ça dépend de s'ils veulent te faire payer pour quelque chose ou te soutirer des informations.

– Comment le savoir ?

– C'est trop tôt. Toutefois, s'ils avaient voulu l'assassiner, ils ne se seraient certainement pas donné tout ce mal… Ils t'ont même livré la nourriture que vous aviez commandée… C'est à n'y rien comprendre. Quoi qu'il en soit, l'heure est venue de mettre en application les enseignements de tes chers stoïciens. Tu n'as pour l'instant prise sur rien et ne peux qu'attendre.

– Quelle ironie, j'ai créé Égide il y a plusieurs années pour protéger les agents des administrations les plus sensibles et la première fois que ce plan est activé, c'est pour moi quand je pars à la retraite.

– Ce n'est pas de l'ironie, c'est de la clairvoyance. Cette procédure a été intelligemment conçue, elle se révélera efficace. On va l'éprouver et elle va montrer que tu as eu raison de la mettre en place.

– Oui, probablement… En fait, j'aimerais que tu eusses tort…

– Comment ça ?

– Égide a beau être réactive et bien conçue, elle fonde son action sur l'investigation… Et ça demande du temps… Or, du temps, nous n'en avons pas… Je préférerais que ton équipe mît tout de suite la main sur les ravisseurs et retrouvât Helen en bonne forme.

– Tu as encore le goût des imparfaits du subjonctif en pareilles circonstances ?

– C'est un jeu entre Helen et moi. C'est ma façon de garder le lien avec elle.

– Écoute Franck, j'aimerais te garantir que tout finira bien… Mais ce serait te mentir. Nous avons parcouru la face obscurcie du monde et composé avec le réel, les éclaircies comme les orages… On fera notre possible et je serai toujours là pour toi, c'est tout ce que je peux te promettre… Tu le sais, n'est-ce pas ?

– Oui, je sais que tu es un des rares sur qui je peux vraiment compter.

– Que vas-tu dire à ton fils ?

– Pour l'instant, rien. Je préfère préserver Paul le plus longtemps possible. Et puis lui dire quoi ? Ta mère a peut-être été enlevée, mais je n'en suis pas sûr. J'ignore par qui et pourquoi. Je ne sais même pas si elle est encore vivante…

– Oui, tu as sans doute raison.

– C'est difficile de partir à la retraite, de ne plus rien peser après tout ce qu'on a fait. Je voyais ça comme un nouveau départ, le moyen de retrouver l'insouciance de ma jeunesse en oubliant la sombreur du monde qui a emporté hier mon frère et peut-être aujourd'hui ma femme. Mais lorsque arrive enfin le jour tant attendu, la nuit se fait plus noire encore…

Tristan ne répond pas. Les deux hommes restent silencieux. Le silence s'impose quand la parole ne sait plus dire les soupirs de l'âme. Chacun s'en retourne à l'intérieur de lui-même.

Faire carrière dans le renseignement implique le don de soi à différents niveaux selon le métier concerné. Tous les agents ne risquent pas directement leur vie, bien que les probabilités de devenir une cible ne soient jamais totalement nulles. Deux singularités, au moins, apparaissent en filigrane. Pour l'une, il s'agit de mettre continuellement en cohérence la dissimulation de son activité professionnelle avec le partage de sa vie sociale et personnelle. La meilleure façon de protéger un secret est de faire en sorte que nul n'en soupçonne l'existence. Avec vigilance, il faut sans cesse remettre sur le métier l'ouvrage de sa « couverture » pour la garder crédible malgré les embûches du hasard et des rencontres. Ne pas s'exposer permet de mieux se préserver, c'est un vieux principe qui a fait ses preuves. Difficile dans ces conditions de séparer totalement le professionnel du personnel. Cet inconfort permanent, associé à la frustration de ne pas dire aux autres ce qu'on fait pour eux, est déjà un don de soi. La deuxième singularité concerne la présence au monde. L'abandon de la candeur, le renoncement aux grandes espérances et la résignation à la vanité d'un système sont un autre don de soi.

Le portable de Tristan vibre. Il est 22 h 40.

– Mes gars seront sur site dans vingt minutes.

– Et c'est pour nous l'heure d'aller à la Centrale.

5

La voiture s'arrête devant l'entrée de la Centrale. La lourde porte métallique s'ouvre à l'arrivée du directeur des opérations et de l'ancien directeur général. Un gardien armé s'adresse aux deux hommes :

– Mon général, monsieur Barral ; le directeur général vous attend dans l'une des salles du centre de crise.

– Entendu, merci.

Le véhicule pénètre aussitôt dans l'enceinte. Malgré les arbres, la cour paraît plus sinistre la nuit venue. La caserne des Tourelles, qui abrite aujourd'hui la Centrale, n'a su dissiper son lourd passé : la dégradation militaire en 1910 des deux soldats du 31e régiment d'infanterie impliqués dans l'affaire du « wagon sanglant » et surtout sa vocation éphémère de camp d'internement de 1940 à 1944. C'est sans doute mieux ainsi car l'oubli, à la différence du pardon, figure parmi les pires maux d'une société. Yvette Semard, Louis Poulhès et quelques autres sont les gardiens de cette mémoire précieuse posée sur le papier.

Tristan gare la voiture, puis avec Barral se dirige rapidement vers le centre de crise, à proximité du bureau de la direction générale. L'une des trois salles est ouverte. À l'intérieur les attend Genet en compagnie de trois personnes dont Radomir. Tous les quatre se lèvent à l'arrivée des deux hommes et le directeur général fait les présentations :

« Franck, Tristan, vous connaissez Hector du BAR et voici Martin de la DGSI qui va travailler avec nous. »

Les présentations ainsi faites, chacun s'installe autour de la table de réunion sur laquelle sont posés quelques dossiers. De forme ovale, elle peut accueillir une douzaine de personnes. Des fauteuils supplémentaires se trouvent sur les côtés. Cette salle du centre de crise est pareille aux deux autres, rectangulaire aux murs bleus. Deux grands écrans sont fixés en hauteur au fond de la pièce ; ils sont en veille avec le logo de la DGSE. Des panneaux lumineux indiquent également différents fuseaux horaires. Tandis qu'il est à 23 h 06 à Paris, il est 2 h 06 à Islamabad et 5 h 06 à Pékin. Sur les autres murs sont accrochées des cartes du monde, de quelques pays et capitales. Enfin, des armoires fortes recouvrent la seconde largeur de la salle. Après un court silence, Genet reprend la parole :

– Tout d'abord, Franck, je sais que nous ne sommes pas d'accord sur tout ni en très bonne entente, mais je tiens à vous adresser mes pensées les plus chaleureuses et je vous promets de faire tout ce qui est en mon pouvoir pour retrouver votre épouse au plus vite.

– Merci Pierre-Henri, j'apprécie votre délicatesse.

– Bien, vous avez conçu et mis en place la procédure Égide. Quant à moi, je viens tout juste d'arriver et j'ai pour seule expérience la lecture de sa notice détaillée. Aussi n'hésitez pas à me corriger si besoin.

Genet résume alors en quelques mots le cadre et le fonctionnement de ladite procédure. Par souci d'efficacité et de réactivité, celle-ci réunit les forces de renseignement, de police, des armées, de la diplomatie et de la justice. Les ministres, bien que n'étant pas informés du détail de l'affaire, doivent veiller à faciliter les procédures d'urgence dans le respect des lois et de leurs prérogatives. Selon l'appartenance administrative de la victime, la direction de l'enquête revient à la DGSE ou à la DGSI qui en réfère directement au Premier ministre. Dans le cas présent, la responsabilité incombe logiquement au Service extérieur. À l'issue de cette courte présentation, Genet s'adresse à Barral avec gravité :

– Un dernier mot encore avant de laisser la main au BAR. Franck, je me dois de vous poser la question. Radomir nous a montré les vidéos. Votre épouse ne semble pas sous la contrainte d'une menace, de même que vous n'avez pas été contacté depuis ce matin par un quelconque ravisseur. Êtes-vous bien certain qu'il s'agisse d'un enlèvement ? Doit-on vraiment engager tout ça ?

– J'en suis certain, monsieur le directeur, répond Barral froidement.

Tandis que les deux hommes se regardent fixement, Tristan intervient :

– Monsieur le directeur, si je puis me permettre, les menaces ne sont pas toujours évidentes à percevoir de l'extérieur. On ignore ce que ces hommes ont dit à Helen, ni quelle pression ils lui font peut-être subir, et il n'est pas encore trop tard pour qu'ils contactent Franck.

– Soit. Je veux bien l'entendre, répond Genet avant de poursuivre : Égide a été déclenchée par le Premier ministre ce soir à 21 h 45 et l'enquête débute donc à cet instant ; il est exactement 23 h 21. Bonne chance, messieurs. Faites au mieux.

Au moment où Genet s'apprête à se retirer vibre le portable de Tristan.

– Mes hommes n'ont rien trouvé, le local est vide.

– Comment ça ? Quel local ? demande Genet.

– J'ai envoyé une équipe à l'adresse du traiteur où Helen était allée passer commande. Les gars sont entrés et me certifient qu'il n'y a plus rien. J'ai les photos.

– C'est régulier, ça ? C'est plutôt à nous d'opérer ce genre d'action sur le territoire, pas à vous, fait remarquer Martin d'un air surpris.

– Nous avions déjà perdu trop de temps et la vie d'Helen est probablement menacée. Peut-être même ont-ils déjà quitté le pays avec elle ! répond Tristan, agacé.

– D'accord, d'accord, temporise Genet. Vous avez bien fait. Mais maintenant qu'Égide est déclenchée et que les collaborations sont actives, nous allons respecter les procédures. Martin, vous tâcherez d'en savoir plus sur ce local dès demain. Hector, vous avez la main et me rendrez compte chaque jour de vos avancées. Radomir, vous restez avec Barral car on ignore tout du projet de ces hommes, il n'est pas exclu qu'ils viennent à lui prochainement.

Pendant que chacun acquiesce, Hector s'adresse à son tour au directeur des opérations :

– Mon général, pouvez-vous, s'il vous plaît, me transférer le message de vos hommes avec les clichés et leur demander de me transmettre un compte-rendu détaillé de leur visite ?

– Entendu. Voici déjà l'adresse, répond Tristan en remettant la facture qu'il avait apportée.

– Sauf votre respect, mon général, je vais aussi vous demander de nous laisser seuls avec monsieur Barral, nous allons commencer les entretiens. Toi aussi, Radomir.

– Bien sûr, Hector.

Le garde du corps s'adresse alors à Barral : « Franck, je vous attends à l'entrée et vous raccompagnerai quand vous le voudrez. » Puis il sort le dernier en refermant la porte. L'ancien directeur général est à présent seul avec les deux enquêteurs.

– Monsieur Barral…, commence Hector avant d'être coupé par son interlocuteur.

– Écoutez Hector, nous allons passer pas mal de temps ensemble, alors appelez-moi Franck, voulez-vous ?

– Bien Franck. Vous nous avez assuré que votre épouse Helen n'était pas partie d'elle-même et qu'elle avait probablement été enlevée. De fait, nous écartons le différend conjugal, n'est-ce pas ?

– Oui.

– Si on laisse également de côté la thèse du crime crapuleux, il reste trois pistes à explorer.

– Trois ? demande Barral d'un air surpris. Quelle est donc la troisième ?

– Il y a la piste de l'enlèvement par une organisation criminelle, mafia ou autre, mais dans ce cas le mobile reste à définir. Idem avec l'hypothèse d'un kidnapping par les services secrets chinois, et enfin… Hector marque un silence gêné avant de poursuivre : Vous savez bien, Franck… On ne peut exclure d'emblée l'éventualité de l'intelligence avec l'ennemi…

– Ma femme, une espionne chinoise ? répond Barral sèchement. Vous divaguez ou quoi ? Et pourquoi aurait-elle disparu de manière soudaine en attirant l'attention ? Ce n'est pas l'esprit des services, ça ! Cette hypothèse n'est pas sérieuse ! Et je vous défends de salir Helen ! Vous ignorez tout d'elle ! De son histoire !

Hector reste silencieux. Il s'attendait à cette réaction prévisible. Martin prend alors la parole :

– Le moment est mal choisi pour envisager cette hypothèse, on s'en doute. Nous n'en privilégions d'ailleurs aucune pour l'instant. Simplement, il nous faut envisager toutes les possibilités. Si cette piste est une impasse comme vous le pensez, nous le saurons rapidement, mais à condition de l'explorer. Nous sommes là pour vous aider, Franck, et au plus vite, mais nous ne pourrons le faire qu'avec votre entière collaboration, même si ce n'est pas toujours plaisant.

– On perd un temps précieux !

– Vous êtes impliqués affectivement, mais vous savez bien comment ça se passe. Vous le comprenez d'autant mieux que vous avez conçu Égide, poursuit Hector.

– Pour aider les victimes, pas pour les accabler !

– Franck, vous avez dirigé les services spéciaux pendant huit ans avec Helen à vos côtés. On sait qu'après les cinq poisons[1] et l'intelligence économique, la priorité du MSE consiste désormais à pénétrer les services étrangers. On connaît déjà deux cas par le passé : les épouses d'un responsable du FBI et d'un autre du NIS en Corée du Sud. Ce n'est tout simplement pas possible d'écarter cette piste. Tâchons au contraire de vérifier son invraisemblance au plus vite !

1. Les indépendantistes tibétains, les Ouïghours, les séparatistes taïwanais, les militants pro-démocratie et le Falungong.

Barral se lève soudainement : « Je me passerai de vous et retrouverai Helen par mes propres moyens ! » Puis il se dirige vers la porte, tandis que Martin reprend à voix haute :

– « Le BAR considérera toutes les hypothèses possibles sans exclure, au début de l'enquête, l'éventualité d'une opération de manipulation ou de traitement d'un agent double par un service ennemi. » C'est mot pour mot ce que vous avez écrit dans la fiche de procédure Égide que j'ai sous les yeux, Franck. Nous appliquons vos consignes, rien de plus. Alors, reprenez-vous.

– … Oui, vous avez raison, répond Barral en fermant les yeux. Il paraît se ressaisir et se rassied. Allez-y, je vous écoute.

Hector poursuit :

– Sauf erreur de ma part, Helen a la double nationalité franco-britannique et elle est d'ascendance chinoise, n'est-ce pas ?

– Absolument, elle est née à Pékin.

– Pour quelle raison a-t-elle quitté la Chine ?

– Allons, vous connaissez la réponse, lâche Barral agacé. Le Service a déjà enquêté sur elle à mon arrivée.

– Oui, c'est vrai. Mais il nous faut recouper tous les éléments. Le diable se cache dans les détails, Franck, vous le savez bien.

– Évidemment, soupire Barral avant de poursuivre : Son père était professeur de littérature classique à l'université Qinghua. Sa mère était diplômée de l'université des Beaux-Arts de Shanghai et enseignait la calligraphie. Au plus fort de la Révolution culturelle, le père d'Helen fut dénoncé par un voisin jaloux et accusé d'activisme contre-révolutionnaire. De constitution fragile, il est mort pendant une violente séance d'humiliation publique.

– Quel âge avait-elle ? demande Hector tandis qu'il prend des notes détaillées dans un petit cahier, ainsi que Martin.

– C'était en 1969 et elle avait 1 an. Sa mère comptait parmi ses élèves un diplomate britannique qui les aida aussitôt à fuir la Chine via Hong Kong et à s'installer à Truro en Cornouailles. La folie communiste lui a tout pris, alors comment imaginer qu'elle puisse travailler pour la RPC ?

– C'est Helen qui vous a raconté cette histoire ou vous avez d'autres éléments tangibles qui la recoupent ?

– J'ai connu sa mère et la maison où elle a grandi en Angleterre.

– Est-elle retournée en Chine ?

– Oui, plusieurs fois pour honorer la mémoire de son père.

À cet instant, une notification sonore se fait entendre ; c'est le portable de Barral. Peut-être un signe des ravisseurs. Il se dépêche de lire le message, puis lâche dans un soupir : « Un mot de réconfort du Président. »

6

L'entretien se prolonge tard dans la nuit. Le centre vit en permanence, parfois au rythme lancinant de la veille d'information, d'autres fois au pas endiablé des crises qui surgissent aux quatre coins du monde : ici une menace d'attaque terroriste, là une prise d'otages de ressortissants français. Les équipes se succèdent sans relâche dans une tension palpable : des vies sont à sauver et des comptes seront à rendre. En ce moment, une seule cellule est en place qui travaille sur la disparition d'un matériel stratégique quelque part au Moyen-Orient. Des agents vont et viennent, traversent le couloir où attend patiemment Radomir, assis sur une chaise.

Hector est parti chercher des cafés et lui en apporte un. C'était en réalité un prétexte pour échanger quelques mots et lui passer des consignes. Le garde du corps n'est plus au service de Barral, il a désormais pour mission de le protéger et de le surveiller au profit du BAR. Se dégourdissant les jambes à cet instant, Franck les aperçoit dans le couloir. La discussion s'interrompt aussitôt. Hector revient dans la salle avec trois tasses sur un plateau, puis referme la porte.

– Bon, reprenons. Vous nous avez dit que vous aviez rencontré Helen à Oxford en 1995. A-t-elle noué des relations avec des Chinois avec qui elle aurait gardé contact ?

– Laissez-moi réfléchir... Je ne me rappelle que d'un certain Teddy Lee qui était originaire de Hong Kong. Tous deux étaient très bons amis à la fac. Je me suis trompé au début en croyant qu'ils avaient eu une relation. Bien qu'ils ne se voient plus aujourd'hui, ils se sont régulièrement donné des nouvelles pendant des années. Je sais qu'il est parti travailler en Allemagne au profit d'un groupe industriel chinois pour préparer le rachat d'une entreprise de robotique.

– Pour être sûr de ne rien laisser passer, on va tâcher d'en apprendre davantage sur ce Teddy Lee. Parlons maintenant un peu de vous, si vous voulez bien.

– Que dire ? Ma carrière figure en détail dans vos dossiers. Pour le reste, je n'ai ni maîtresse ni deuxième vie. Mes deux parents sont décédés ; ma mère était écossaise. J'ai grandi avec mon frère du côté de Stirling, mais nos ancêtres venaient des Highlands. La seule famille qui me reste aujourd'hui est ma femme Helen et mon fils Paul, âgé de 20 ans.

– Que fait-il ?

– Des études d'architecture à l'université Kingston de Londres.

– L'avez-vous mis au courant de la situation ?

Barral secoue la tête : « Non, je souhaite l'avertir le plus tard possible. Il a une relation fusionnelle avec sa mère et le supporterait mal. Et puis, sans m'en rendre compte, j'ai laissé une distance s'installer entre lui et moi au fil des années. Le travail m'a pris l'essentiel d'un temps qu'on devrait réserver à ses proches. Ça se rattrape difficilement et ce n'est pourtant pas faute d'essayer... » Regardant le mur comme s'il ouvrait une fenêtre sur le passé, Barral poursuit dans le vide : « Tandis que vous vous imaginez agir sur la course du monde, vous ne tenez même plus la main de votre enfant qui apprend à marcher… Cette vanité est ma plus grosse erreur… »

Après quelques secondes silencieuses, Martin relance la discussion :

– Franck, si votre fils venait à avoir des nouvelles d'Helen, vous en ferait-il part ?

– J'ose croire que oui.

Et Hector de poursuivre :

– J'ai lu que votre frère était décédé en opex.

– C'est exact, en 2002 en Côte d'Ivoire, il était médic. Les circonstances de sa mort n'ont jamais été clairement établies. Officiellement, ils sont tombés dans une embuscade et mon frère est mort d'une rafale d'arme automatique… Barral fait silence, puis reprend : Peut-être pourrions-nous entrer dans le vif du sujet et nous intéresser un peu à ce qui s'est passé aujourd'hui ! Ce serait sans doute plus utile, vous ne croyez pas ?

– On y vient, Franck, on y vient. Quelle que soit la cause de la disparition d'Helen, les enregistrements vidéo laissent penser que le faux traiteur y est étroitement lié. Voici les photos du local prises par les hommes de Tristan.

Hector montre à Martin et Franck l'écran de son portable : « C'est complètement vide, il n'y a ni enseigne ni matériel, absolument rien ! À croire que la boutique était fausse et qu'ils ont tout démonté ensuite. »

– Je m'occupe de retrouver le propriétaire et de faire la perquisition dès la première heure, c'est notre seule piste pour l'instant, dit Martin. Mais s'il s'avère que c'était un faux commerce et donc un piège, comment êtes-vous tombés dedans ?

– Tout ce que je sais, répond Barral, c'est qu'Helen a choisi ce traiteur après avoir entendu quelqu'un le recommander, mais j'ignore qui. Voulant s'occuper de tout pour m'arranger, elle est allée directement à la boutique goûter les plats et passer commande.

– Et qu'en est-il du courriel qu'elle a envoyé à son amie ? demande Hector.

Franck se penche pour récupérer au sol sa sacoche qu'il pose sur la table avant de l'ouvrir : « Je vous ai apporté l'ordinateur portable d'Helen pour que les techniciens puissent l'analyser. J'ai vérifié avant de venir ; elle a effectivement envoyé un courriel. Le voici », dit-il en allumant l'ordinateur :

> Bonjour Camille,
>
> D'un mot car c'est une journée bien chargée qui m'attend. Après réflexion, je crois que Franck serait vraiment content que je sois à ses côtés aujourd'hui. Je vais donc y aller.
>
> Peux-tu, s'il te plaît, informer le secrétariat pédagogique que je reporte mon cours ? J'en préciserai la date lors de la prochaine séance.
>
> Merci d'avance.
>
> À ce soir, bises.
> Helen

– Elle l'a envoyé à 5 h 34 ce matin sans que je m'en aperçoive.

– Entendu. Nous ne ferons rien de plus ce soir ; il est déjà tard. Radomir va vous raccompagner et rester à vos côtés. Surtout tenez-nous informés immédiatement si vous êtes contacté ou si quoi que ce soit de significatif vous revient en mémoire. Dans la matinée, deux agents viendront récupérer la marchandise du traiteur pour l'analyser, de même qu'on tâchera de faire parler la glacière. Les techniciens vont travailler sur les images vidéo pour voir si l'on peut en tirer quelque chose ou même identifier les deux hommes. On n'obtiendra rien à partir des empreintes en raison des gants. Nous allons également exploiter les systèmes de surveillance des gares et des aéroports.

– S'il s'agit bien du MSE, il est à craindre que cela ne donne pas grand-chose, reprend Martin, car les opérationnels du deuxième bureau passent souvent par les réseaux clandestins au sein de la diaspora. Ils nous font le coup à chaque fois, ils disparaissent dans un pays de l'Union européenne, puis réapparaissent dans un autre. On a toujours un temps de retard. Cette fois, on sollicitera également les services partenaires.

– Je sais que vous ferez au mieux. Mais avant que je ne parte, pourriez-vous répondre à la question que je vous ai posée tout à l'heure ? demande Franck en s'adossant à son fauteuil.

– Laquelle était-ce déjà ?

– Les services secrets œuvrent toujours dans la discrétion, c'est la nature même du métier. Alors pourquoi auraient-ils procédé différemment ici ? Je connais les exemples que vous avez cités, ceux du FBI et du NIS. Dans ces deux cas, les épouses étaient en réalité des agents chinois et n'ont pas mis en scène leur disparition. L'histoire du faux traiteur, ça ne colle pas avec le décrochement d'une mission réussie. Cette contradiction prouve à elle seule qu'il s'agit bel et bien d'un enlèvement.

– Si tel est le cas, pourquoi les ravisseurs ne vous ont-ils pas contacté ? demande Martin.

– On peut aussi envisager une autre hypothèse, reprend Hector. Sous votre direction, nous avons arrêté trois agents retournés par le MSE. Quelle formidable humiliation ce serait en retour : vous faire savoir que vous avez vécu toutes ces années avec une espionne chinoise sans jamais la soupçonner. Vous voyez, aucune hypothèse n'est à exclure à ce stade.

– Je vous prouverai que c'est un enlèvement, dit Barral en se levant.

– Nous vous contacterons sitôt que nous aurons du nouveau. D'ici là, tâchez de dormir un peu.

Radomir et Franck arrivent à l'appartement. Le maître chat daigne venir saluer son humain, puis regagne la méridienne dans la chambre. Pendant ce temps, Radomir s'approche du bâton de randonnée offert par le Président :

– Il est magnifique… Puis-je le prendre en main ?

– Évidemment. Pour dormir, vous avez la chambre d'amis à gauche dans le couloir.

– Si cela ne vous ennuie pas, je dormirai plutôt sur le canapé pour surveiller la porte d'entrée, répond Radomir en continuant de s'émerveiller du bâton qu'il caresse avec douceur. Il est aussi beau que bien équilibré…

– Comme vous voulez, mais c'est inutile, elle est sécurisée et blindée !

– Tant mieux, comme ça, j'aurai le temps de me réveiller si quelqu'un essaie d'entrer, répond le garde du corps en plaisantant.

– À votre guise. Faites comme chez vous, dit Barral en servant deux verres de Bruichladdich, un whisky de Islay. Dites-moi Radomir, depuis tout ce temps, je vous ai toujours connu disponible et seul. La solitude ne vous pèse pas ?

– Vous savez Franck, on a beau être accompagné, on meurt toujours seul. Parmi tout ce qu'on construit, notre liberté se résume à ce que rien ni personne ne peut nous arracher. Toute ma vie, je n'ai fait que perdre… Ma famille, ma maison, mon pays… Aujourd'hui, ma solitude est libre et peuplée. La Légion est devenue ma famille et ça, personne ne pourra me l'enlever. Je suis plus tranquille ainsi, vous comprenez ?

– Toutes ces épreuves, toute cette souffrance, vous ne les montrez jamais…

– J'ai lu un jour dans les carnets d'un vétéran de la Grande Guerre qu'il veillait depuis son retour à ne jamais faire sentir de différence entre celui qui avait échappé au danger et celui qui ne l'avait pas connu… Ne jamais faire sentir de différence. Cette idée m'a marqué l'esprit au fer rouge et je me la répète comme un mantra chaque fois que le relâchement menace.

– C'est une belle leçon, répond Barral, ému. J'ai de la chance d'avoir croisé votre chemin.

– C'est plutôt moi qui suis chanceux d'avoir croisé le vôtre, Franck, répond Radomir pour donner un peu de légèreté à la situation. Autant de délicieux whiskys que je n'aurais jamais goûtés sinon !

Barral ne peut s'empêcher de sourire. La situation deviendrait cocasse si elle n'était pas grave : un héritier d'Alexandre parlant un français impeccable, bien que roulant drôlement les « r », et un descendant des « Hautes Terres » attaché à la langue de Chateaubriand, tous deux réunis par la disparition d'une princesse chinoise éprise de poésie.

Tandis que Radomir s'installe sur le canapé, Franck se retire prendre une douche. Il reste un long moment à profiter du jet d'eau chaude sur la nuque pour dissiper les tensions de cette éprouvante journée. Après s'être rapidement séché, il s'assied sur le bord du lit. Le réveil indique 3 h 24. Debout depuis plus de vingt heures, il sait pourtant que le repos ne reviendra pas de sitôt. Si le sommeil apporte la liberté aux âmes lourdes, lui restera prisonnier de ses tourments. S'endormir au bord d'un abîme s'avère bien difficile. Franck tourne son regard vers le miroir d'Helen. Celui-ci lui renvoie, dans une semi-pénombre, le reflet d'un homme vidé de lui-même. « Qu'as-tu fait, mon Dieu ? » murmure-t-il, avant de laisser tomber sa tête entre ses mains.

7

Dimanche matin, 7 h 50. Martin pénètre dans la Centrale grâce au badge provisoire qui lui a été remis, puis rejoint Hector, lui-même installé dans la salle réservée du centre de crise. Sur le mur du fond ont été collées des images agrandies d'Helen, prises à partir de la vidéosurveillance haute définition installée par le Service, tandis que les enregistrements passent en boucle sur l'un des deux écrans. Hector semble absorbé par la lecture simultanée de plusieurs dossiers parmi la pile posée au milieu de la table. Les deux hommes se saluent rapidement avant de faire le point sur leurs avancées respectives de la veille.

– Ça a été long, mais j'ai fini par obtenir des renseignements intéressants sur le local du faux traiteur, dit Martin. Si la perquisition n'a rien donné, le bâtiment, lui, a été prêté voici plusieurs mois par une filiale locale des triades à un seigneur fantôme des services secrets chinois.

– Un seigneur fantôme ?

– Oui, c'est ainsi qu'il se fait appeler et mon indic semblait terrorisé à l'idée même de l'évoquer.

– Tu as son nom ?

– Hélas, personne ne semble connaître sa véritable identité. On dit juste qu'il porte une cicatrice sur la joue gauche.

Martin sort de sa sacoche un papier sur lequel on peut lire quatre sinogrammes et trois mots romanisés, dont la répétition d'une même syllabe :

鬼君 *Guijun* 归 *gui* 龟 *gui*

Il poursuit : « D'après ce que l'indic m'a expliqué, les deux premiers caractères se prononcent *guijun* et signifient précisément "le Seigneur-Fantôme". Mais les triades ne l'appellent jamais ainsi dans leur propre langue car la première syllabe renvoie, par homophonie, au troisième caractère qui a pour signification "revenir". Elles le redoutent à ce point qu'elles refusent de prononcer ce son, craignant de le convoquer comme un démon. »

– Comment l'appellent-elles alors ?

– « La Tortue » parce que ce mot se prononce aussi *gui* en chinois, le dernier caractère de la ligne. Si j'ai bien compris, il s'agit d'un jeu d'associations sonores, un truc apparemment fréquent en chinois. Mais il leur est impossible de le dire dans leur langue pour la même raison : prononcer ce son pourrait le faire revenir. C'est pourquoi ils disent « la Tortue » en français, même entre eux… C'est un vrai casse-tête !

– C'est inouï ça. Dans ce cas, pourquoi ne pas l'appeler directement « Seigneur-Fantôme » en français ?

– Parce qu'ils devinent qu'on les écoute parfois et ne veulent pas nous faciliter la tâche. Ils se disent ainsi qu'on ne fera jamais le lien entre une tortue et ce Seigneur-Fantôme. Ça se passe visiblement de la même façon dans tous les pays européens où il opère.

– D'où vient ton indic et quelle est sa fiabilité sur une échelle décroissante de 1 à 3 ? demande Hector en prenant des notes.

– 1. C'est un Chinois de la diaspora avec qui on travaille depuis un bon moment. Il nous a toujours donné du bon rens.

– Quelle est la contrepartie ?

– Le maintien de son rang social et de ses rentrées d'argent conséquentes. C'est assez simple en fait. La mafia chinoise a du mal à infiltrer la diaspora en Occident, en particulier en France. Les gens en ont peur et ne veulent pas contracter de dettes auprès d'elle. On sait aussi que Pékin et les triades collaborent régulièrement, les secondes étant un relais d'information et d'action très intéressant pour le gouvernement chinois, d'où la méfiance renforcée des populations installées à l'étranger. Cet indic, qu'on a surnommé « le Mandarin », joue un rôle d'intermédiaire entre les communautés chinoises à Paris et la mafia. Les deux parties y trouvent ainsi leur intérêt : les premières ne traitent pas directement avec la seconde et celle-ci obtient du renseignement grâce à lui, en plus de satisfaire des besoins logistiques importants. Le Mandarin organise notamment les tontines et autres contournements des circuits financiers de surface. Son affaire est très lucrative, mais elle sort évidemment du cadre légal et fiscal. Il nous aurait été facile d'y mettre un terme, mais nous avons jugé plus pertinent de lui proposer un arrangement. On le laisse continuer ses affaires et il nous donne en retour les informations dont on a besoin. C'est un modus vivendi qui fonctionne plutôt bien. Or, figure-toi que c'est précisément lui qui a dû trouver un local à Bagnolet pour que la filiale puisse ensuite le prêter au Seigneur-Fantôme afin d'installer le faux traiteur. C'est également lui qui a loué les véhicules retrouvés à proximité du local.

– Beau travail ! Et outre sa cicatrice, à quoi ressemble-t-il, ce Seigneur-Fantôme ?

– Aucune idée. Le Mandarin n'a pas pu traiter avec lui directement.

– Bon, on sait au moins dans quelle direction chercher. Barral est persuadé que sa femme n'a rien à voir avec tout ça. Il nous faut découvrir si le MSE l'a enlevée ou si elle-même en fait partie.

– Du nouveau de ton côté ?

– Aucun signe d'Helen dans les gares et les aéroports. Pas un seul service partenaire ne l'a identifiée sur son territoire. Les analyses de la nourriture du traiteur et le démontage complet de la glacière ont été effectués hier, mais n'ont rien donné non plus. Ni poison, ni micro, ni indication sur l'origine du meuble !

– C'est à n'y rien comprendre. S'ils avaient voulu se débarrasser d'eux, c'eût été plus simple de les empoisonner vendredi soir, mais si c'est autre chose, pourquoi n'ont-ils toujours pas pris contact ? À moins que…

– Aucun risque. Barral est toujours accompagné de Radomir qui a synchronisé les téléphones et piégé son ordinateur. Si le MSE le contacte, nous le saurons immédiatement.

– Barral doit se douter qu'il est sous surveillance.

– Probablement. Il n'est pas né de la dernière pluie, mais il a tout intérêt à jouer le jeu… Sauf à protéger sa femme s'il découvre que celle-ci est effectivement une espionne, comme je commence à le croire.

– Qu'est-ce qui te fait dire ça ? demande Martin, intrigué.

– J'ai moi aussi trouvé des choses intéressantes. Jette un coup d'œil là-dessus. Je continue de penser que si le MSE nous a laissés remonter jusqu'à lui si facilement, au mépris d'un contrecoup diplomatique, c'est qu'il souhaite nous faire savoir qu'il nous a atteints en plein cœur.

Hector fait glisser sur la table trois dossiers que le policier parcourt aussitôt.

– Eh ben, voilà qui est instructif !

– Oui, je crois que nous devrions en discuter avec lui de vive voix.

– Et comment ! répond Martin tout en poursuivant sa lecture.

– J'ai également fait une découverte étonnante... Deux militaires, qui avaient appartenu à la même section que le frère de Barral en Côte d'Ivoire, sont morts il y a quelques années. Le premier s'est suicidé en se défenestrant et le second est décédé dans un accident de voiture. Ce n'est pas tout, le lieutenant qui commandait la section a lui aussi été retrouvé mort, suite à un accident de plongée.

– C'est significatif d'après toi ? Des meurtres déguisés en accidents ?

– Je ne sais pas encore, mais trois morts en plus du frère de Barral, ça fait une sacrée coïncidence. Gardons cela en tête et épluchons les quelques dossiers qui restent avant d'y aller.

Trois heures plus tard, les deux hommes arrivent au domicile de l'ancien directeur général. Radomir les fait entrer, puis referme la porte.

– Barral n'est pas là ? interroge Hector.

– Il se repose dans sa chambre. Il n'a quasiment pas dormi depuis la disparition d'Helen.

Hector demande en chuchotant :

– Rien à signaler ?

– Toujours pas de contact, répond Radomir à voix basse. Un mensonge à son fils lui disant que sa mère passait quelques jours chez une collègue pour préparer un colloque et qu'elle avait oublié son portable. Enfin, il a un rendez-vous demain après-midi à Paris avec Ricco.

– Pourquoi Ricco ? demande Hector, surpris.

– Je n'en sais encore rien, mais sois tranquille, je m'en occupe.

Martin, quant à lui, s'approche de la table dans la salle à manger sur laquelle sont posés un verre à whisky vide, un bloc-notes, quelques ouvrages et un stylo plume argenté. Un vieux *Cahier du Journal des poètes*, daté de 1937, est maintenu ouvert grâce à un authentique Fairbairn-Sykes de la Seconde Guerre mondiale, posé en travers.

– Magnifique ! Il est d'époque ?

– Oui, je le lui ai offert il y a quelques années, répond Radomir.

Tout en observant minutieusement le poignard, Martin ne peut s'empêcher de lire la première page du bloc-notes sur laquelle est recopié un poème, précisément tiré du *Cahier* ouvert :

La tempête va tout balayer – qu'elle vienne ! –
Plus l'écume d'un seul oiseau
entre moi-même et le regard.
Le grand vent se pose partout,

Il vérifie la solidité des astres –
mais où est-il passé l'espace ?

La solitude vient – est-ce bien la dernière ?
Quelqu'un déjà tourne de l'œil
dans un naufrage sans mémoire.
Voici que des soleils très mûrs
marquent l'éveil des insomnies
– mais où est-il passé le temps ?

Je sens qu'il faudra être grand
dans cette solitude vierge
que vient de balayer le vent –
oiseaux plus grands que neige…

Nuit de tonnerre !
La guerre civile fait rage,
les hommes mordent le trottoir
avant de tomber dans le vide –
mais où est-elle passée la mer ?

Joie à venir, affreuse joie !
De ce rayonnement obscur
quelle est ma part de lumière ?
Ô comme je voudrais quitter
ce cœur de papier que l'on froisse –
et cette molle éternité !

8

« *Le Poète et son ombre.* C'est un poème de Benjamin Fondane. Il vous plaît ? » demande soudainement Barral, en pénétrant dans la grande pièce depuis le couloir des chambres. Surpris et gêné d'avoir été pris en flagrant délit d'indiscrétion, Martin bredouille :

– Pardon Franck… J'admirais votre couteau et… Mon regard est tombé sur le texte…

– Aucun problème. Connaissez-vous l'auteur ?

– Non.

– Benjamin Wechsler, alias Fondane, homme de lettres roumain, de confession juive, qui publia plusieurs œuvres en français, dont celle-ci. Un merveilleux poète de l'errance dans un monde en plein naufrage. Avec sa sœur Line, il fut arrêté par la police française et interné à Drancy. Alors qu'il avait obtenu d'être libéré et de pouvoir sortir du camp, il s'y refusa, n'envisageant pas une seconde de partir sans sa sœur. Ils moururent tous les deux, gazés à Auschwitz en 1944.

– Un homme de conscience et d'honneur… Ils se font rares aujourd'hui.

– La tragédie de notre monde se résume assez simplement, Martin. C'est le scandale du mal qui donne au bien tout son sens. Rien n'échappe à cette malédiction. En plus d'aimer ce prodige qu'un étranger puisse ainsi écrire en français, Helen m'a fait connaître Fondane pour sa poésie existentielle. Elle est un cri de la conscience qui nous éveille au bien, mais nous n'entendons que son lointain écho…

Barral essuie de sa main quelques larmes, il renifle, retient un sanglot, puis se reprend :

– Pardon… J'ai très peu dormi depuis vendredi et je suis un peu plus émotif que d'habitude…

– On le serait à moins Franck, répond Hector en lui posant la main sur l'épaule.

– Si vous êtes là, c'est que vous avez du nouveau, n'est-ce pas ? Vous avez retrouvé la trace d'Helen ?

– Pas vraiment, mais on progresse. Il nous faut discuter de certaines choses, si vous êtes d'accord.

– Bien sûr ! Passons au salon.

Les deux enquêteurs s'avancent dans l'appartement. Hector s'assied dans un fauteuil club, tandis que Martin est attiré par un large meuble qui recouvre le mur entre les deux fenêtres. Radomir s'apprête, lui, à sortir, estimant « ne pas avoir à en connaître », comme il se dit dans la profession, mais Barral l'arrête :

– Si Hector et Martin n'y voient pas d'inconvénient, vous pouvez rester.

– C'est surtout pour vous, Franck, répond Hector. Nous allons forcément aborder des choses délicates.

– Radomir a été mon garde du corps pendant huit ans, il me connaît par cœur. Je n'ai rien de particulier à lui cacher.

– Bien, comme vous voulez.

Radomir s'installe alors dans un coin de la pièce avec un livre pris la veille dans la bibliothèque des Barral, un livre qu'il rêvait de lire depuis longtemps : *News from Tartary*, de Peter Fleming, le frère aîné de Ian qui inspira ce dernier pour le personnage de James Bond. Peter fut un opérationnel du renseignement britannique durant la Seconde Guerre mondiale en plus de devenir un écrivain et un aventurier de renom. Peut-être Dame Providence glissa-t-elle à cet instant, comme un encouragement, ce livre entre les mains de Radomir pour féconder l'attente d'un contact incertain. Ou peut-être essayait-elle plutôt de le mettre en garde par une phrase prémonitoire, la première du livre : *Most journeys begin less abruptly than they end*[1].

Pendant ce temps, Martin regarde avec intérêt la centaine de bouteilles de whisky exposées sur les étagères du meuble :

– Ces couleurs d'ambre sont magnifiques… Port Charlotte, Peat's Beast, Lagavulin, Finlaggan, Laphroaig, Talisker… Ce sont essentiellement des *single malts* écossais !

– On ne se refait pas, répond Barral. Je ne saurais trahir mes origines.

– Oh, vous avez du Caol Ila 35 ans d'âge !

– Ça vous intéresse ?

– J'avoue n'en avoir jamais goûté. Mais ça me gêne…

– Si cela peut vous aider à retrouver ma femme… Messieurs, en voulez-vous ?

Hector et Radomir déclinent poliment. Barral tend à Martin l'eau d'or :

1. « La plupart des voyages commencent moins brusquement qu'ils ne se terminent. »

– Il est très légèrement tourbé. En le laissant glisser délicatement des lèvres aux dents, puis à la langue, vous y trouverez en plus des notes douces de vanille, de fines herbes et de poivre.

Martin prend le verre que lui tend Barral, puis pose son regard sur une étrange bouteille apparemment jamais ouverte. Elle contient un liquide aussi noir que l'encre de Chine. L'étiquette tout entière est une étendue marine sous un clair de lune. On peut y lire en lettres grises : *Uisgeachan Dubha – aged 30 years.*

– Qu'est-ce donc ?

– « Les Eaux noires », un whisky très rare, produit par une distillerie mythique aujourd'hui disparue. Il en reste dix-neuf bouteilles dans le monde, dont celle-ci. Sa couleur procède d'un long vieillissement en fûts de chêne ayant subi plusieurs carbonisations. Il faut être recommandé par un prestigieux cercle d'amateurs en Écosse pour espérer en obtenir. J'ai enfin pu m'en procurer sur place, mais cela m'a pris plusieurs années.

Après avoir écouté avec attention puis opiné du chef, Martin s'assied à son tour dans l'un des deux fauteuils en cuir. Barral, quant à lui, s'installe confortablement sur le canapé assorti. Le maître chat arrive alors, traversant la pièce d'un pas dédaigneux, puis saute sur les genoux de son humain qui le caresse avec affection.

– Ne dit-on pas que Dieu a créé les chats pour que les hommes puissent caresser les tigres ?

Hector prend la parole :

– Nous n'avons trouvé aucune trace d'Helen, mais nous disposons de pistes intéressantes. D'abord, nous avons vérifié l'histoire de votre belle-famille avec l'aide de nos chefs de poste basés à Pékin et à Londres. Il semble que tout soit vrai.

– Évidemment que tout est vrai, qu'est-ce que vous croyez ? Cela dit, je suis impressionné par leur réactivité. Comme quoi, j'ai bien fait de les nommer. Mais dites-moi, c'est ça, vos pistes intéressantes ?

– Non Franck, j'y viens... Les premiers éléments obtenus indiquent que le local du faux traiteur a été loué par le MSE. Il paraît donc probable que les deux livreurs étaient en fait des agents opérationnels du deuxième bureau.

– C'est toujours mieux que la mafia car cela signifie qu'ils envisagent probablement de se servir d'Helen comme d'un levier pour obtenir quelque chose. Si tel est le cas, elle doit être encore vivante !

– Oui, c'est probable... Mais il y a autre chose. Nous avons sollicité le BfV[1] dans le cadre de l'enquête sur Teddy Lee. Ce dernier a été expulsé d'Allemagne pour cause d'espionnage industriel voici deux ans. Les Allemands le soupçonnent également d'avoir participé à un réseau de renseignement chinois travaillant sur la communauté ouïghoure, importante sur leur territoire.

– Deux ans, dites-vous ? C'est à peu près depuis ce temps qu'Helen et lui ne se donnent plus de nouvelles.

– Vous nous confirmez qu'Helen le connaissait avant de vous rencontrer en Angleterre ?

– Oui, je vous l'ai déjà dit, mais cela ne prouve rien !

1. Le service allemand du renseignement intérieur, notamment en charge du contre-espionnage.

– Pas pour l'instant, non, mais c'est une pièce du puzzle… Et nous en avons trouvé une autre.

– Où voulez-vous en venir ? demande Barral en posant son verre sur la table basse avant de se caler contre le dossier.

– En analysant toutes les données de l'ordinateur d'Helen, nos techniciens ont découvert qu'elle apportait une expertise conseil à un institut français de droit privé, spécialisé dans la formation à la préparation des concours de la fonction publique européenne, dans le cadre de son rachat par un groupe chinois. Il se trouve qu'elle y dispense également des enseignements pour former les futurs fonctionnaires européens.

– Oui, et alors ? C'est son métier. Elle est juriste, spécialisée dans le droit européen, probablement l'une des meilleures. Les Chinois rachètent tout, et si cela permet à l'institut de survivre… Il faut bien comprendre, Hector, que nous ne sommes plus rien. La France est aujourd'hui devenue un petit pays incapable de sauver son patrimoine, son économie et ses valeurs ! La Chine l'a bien compris, mieux que nous-mêmes d'ailleurs…

– Sauf votre respect, Franck, vous ne voyez pas que c'est une porte à double battant que les Chinois sont en train d'ouvrir pour infiltrer l'administration européenne ? coupe Hector. Ils s'y engouffreront et retourneront des futurs fonctionnaires à tous les niveaux.

– Si vous pensez que les Chinois se soucient à ce point de l'Europe…

– Au moins pour les télécommunications. Et puis détrompez-vous, ils se soucient du monde entier et de ses recoins. Mais ce n'est pas tout… Helen travaillait avec d'autres juristes à la création d'un nouvel organisme international de collaboration, une sorte de centre de recherches et d'études administratives en partenariat avec la Chine et financé par elle. Le MSE est en train de creuser un nouveau grand canal vers notre administration, informatiquement et humainement. On en a eu la preuve par le passé.

– En somme, vous vous basez sur ces simples coïncidences pour affirmer qu'Helen est une espionne à la solde de la Chine ! Ça y est, vous vous êtes fait votre avis définitif ! Je vous rappelle que vous êtes là en train de parler de ma femme, Rodolphe !

Martin, qui tout en dégustant son whisky écoutait attentivement malgré son air détaché, ne peut s'empêcher de lever soudainement les yeux vers Hector. Barral poursuit sur un ton vif :

– De toute façon, votre service de sécurité s'en est toujours méfié. De par ses origines chinoises, elle est naturellement suspecte à vos yeux, avouez-le ! Tenez, nous parlions de Fondane, il a écrit que nous étions tous nus sous la peau ! Ça vous dépasse, hein ! Helen a les cheveux noirs et les yeux bridés, c'est suffisant pour la penser coupable ! Que son histoire personnelle et familiale l'ait façonnée pour le reste de ses jours, vous vous en fichez pas mal !

– Ce n'est pas ça, Franck…

– Reconnaissez que vous n'avez même pas envisagé d'autres éventualités ! Peut-être a-t-elle juste estimé qu'en apportant un peu de notre fonctionnement administratif et juridique, imparfait certes, mais pas si mal au demeurant, elle pourrait contribuer à renforcer les droits du citoyen chinois. Peut-être que c'est un moyen pour elle de panser sa blessure ! Mais ça non, les tourments de l'âme humaine s'effacent toujours devant la machinerie froide et implacable du renseignement ! C'est tellement plus simple à gérer !

Hector s'accorde un moment de silence avant de reprendre :

– Franck, contrairement à ce que vous affirmez sur le coup de la colère, nous ne sommes sûrs de rien, pas plus que nous n'avons d'avis définitif. Simplement, nous ne pouvons exclure le scénario selon lequel Helen a peut-être été recrutée par Teddy Lee à Oxford et missionnée pour faire de vous sa source.

– Vous êtes en train de dire que tout ça n'aurait été qu'une mission… Notre mariage et notre fils, une simple couverture…

– Ça s'est déjà vu, vous le savez bien. Peu de pays en sont capables, seule une idéologie forte le permet. Il y a surtout la Chine et la Russie à ce jour. Je vous rappelle qu'à cette époque vous étiez déjà un brillant fonctionnaire dans l'administration du renseignement, aux perspectives de carrière prometteuses. Vous aviez toutes les caractéristiques d'une cible intéressante.

À cet instant, Barral affiche un regard dur ; il fixe Hector droit dans les yeux sans mot dire. La scène paraît se figer dans la froideur du silence. Martin prend alors la parole :

– Franck, s'il vous plaît, voulez-vous bien nous parler de l'affaire de Sarajevo ?

9

– Nous y voilà enfin ! répond Barral. Je me demandais quand vous aborderiez le sujet.

– Nous vous écoutons, Franck, dit Hector avec un signe de la main l'invitant à poursuivre.

– J'étais ambassadeur en Bosnie à l'époque. L'équipe était plutôt bonne et nous avions notamment un excellent ASI[1].

– Le commissaire Pierre Galbet ?

– Oui, Pierre. Nous nous entendions tellement bien qu'il est rapidement devenu un ami de la famille, ce qui n'est pas si fréquent. Il faut dire qu'il était d'un commerce fort agréable et faisait en cela l'unanimité. Un jour, le chef de poste de la DGSE a demandé à me voir urgemment. Je dois avouer que nous n'étions pas en très bons termes, lui et moi. D'ailleurs, quand j'ai pris la direction générale, je me suis senti obligé de le promouvoir pour ne pas qu'il doute de mon impartialité à son égard. Le résultat est qu'il a laissé entendre que j'avais acheté sa complaisance.

– Et que vous a-t-il dit lors de cette entrevue à Sarajevo ?

Barral marque un silence, reprend une gorgée de whisky en prenant le temps de la déguster, puis continue son récit :

1. Attaché à la sécurité intérieure.

– Que Pierre avait été retourné par le MSE, preuve à l'appui, juste pour de l'argent, des dettes de jeu à éponger, et qu'une procédure allait être lancée à son encontre.

– Il se dit, Franck, que vous auriez prévenu Galbet, d'où sa rapide disparition.

– Je sais que beaucoup le pensent à la Centrale ainsi qu'aux Affaires étrangères ; c'est d'ailleurs l'une des raisons pour lesquelles Genet ne m'aime pas et se méfie de moi.

– Vous lui avez dit ou pas ? s'impatiente Martin.

– Non, bien sûr que non.

– Nous savons pourtant que vous vous êtes vus le soir même, poursuit Hector.

– Oui, il est venu dîner à la maison ; c'était prévu depuis plusieurs jours. Mais pourquoi me posez-vous ces questions ? Quel est le rapport avec Helen ?

– Eh bien, reprend Martin après avoir terminé son verre de Caol Ila, vous avez dit que Galbet était un ami de la famille. Comment votre épouse le considérait-elle ?

– Oh je vois… Elle trouvait qu'il était d'une belle âme, douée de l'humour british qu'elle affectionne tant. Elle a mis un certain temps à se remettre de sa défection.

Après un court silence, Hector repose de nouveau la question :

– Vous n'avez donc rien dit à Galbet ?

– Non, j'étais sous le choc et à dire vrai, même si j'avais voulu lui en parler, je n'aurais pas su comment aborder le sujet… Je crois savoir qu'il s'est enfui en Asie, n'est-ce pas ?

– Oui, il a disparu des radars dès le lendemain de votre dernière entrevue. On pense que les Chinois l'ont exfiltré pour l'installer en Thaïlande. On a depuis perdu sa trace et franchement, on ne sait même pas s'il est encore vivant.

– Vous croyez qu'il y a un lien entre cette histoire et l'enlèvement d'Helen ?

– On ne sait pas, Franck. Tout puzzle se commence par les bords, c'est pourquoi nous rassemblons un maximum d'éléments de contexte.

Hector et Martin se lèvent pour prendre congé. Le policier remercie son hôte de lui avoir permis de goûter « ce précieux élixir », puis les deux hommes disparaissent dans l'escalier.

Barral referme la porte, se retourne et s'y adosse, l'air soucieux. Radomir, qui ne s'était pas encore rassis depuis le départ des deux enquêteurs, l'observe.

– Que se passe-t-il, Franck ?

– J'ai menti…, lâche Barral avec gravité.

– À propos de quoi ?

Barral s'assied à table, à la place où il avait recopié *Le Poète et son ombre*. Il saisit le Fairbairn-Sykes de sa main droite, en regarde longuement la lame, puis le repose sans pour autant le quitter des yeux tandis qu'il répond à Radomir.

– J'ai parlé à Pierre le soir même, c'est Helen qui me l'avait demandé. Elle considérait qu'il s'était égaré et qu'il devait savoir pouvoir compter sur nous pour retrouver le droit chemin.

– Pourquoi ne pas l'avoir dit ?

– Ils sont déjà persuadés qu'elle est une espionne rentrée dans sa mère patrie, ça les aurait renforcés dans leur position et ils auraient peut-être même arrêté les recherches… Je les vois d'ici : « Pour nous, Franck, il ne fait aucun doute qu'Helen s'est servie de vous pour informer Galbet. »

– Que vous a dit l'ASI ?

– Qu'il était conscient de la gravité de la situation et qu'il allait se rendre. Je n'ai pas demandé plus de détails.

Radomir s'assied pensif sur le canapé en posant délicatement l'ouvrage à son côté.

– Franck, je ne veux pas me mêler de ce qui ne me regarde pas, mais vous devriez le leur dire. Soit Helen est innocente et cela ne posera pas de problème, soit elle est coupable et vous pourriez devenir complice à leurs yeux. Ce n'est pas rien, vous savez ça mieux que moi…

– Alors vous aussi, vous croyez Helen coupable ?

– Je n'ai pas dit ça, Franck, mais votre situation est délicate à présent.

– Toujours les injustices nous saisissent, Radomir, il n'y a que les malfaisants qui ne sont jamais tourmentés.

– Je ne sais pas… Mais rappelez-vous : « Je sens qu'il faudra être grand dans cette solitude vierge que vient de balayer le vent. » À quoi bon le recopier si c'est pour l'oublier aussitôt ?

Barral ne dit rien. Il se lève, puis retourne s'enfermer dans sa chambre. Radomir en profite pour envoyer un court message depuis son téléphone portable.

L'information parvient à Hector et Martin en route vers la Centrale.

– J'en étais sûr, Barral nous a menti ; il a bien parlé avec Galbet !

– Pourquoi ne pas l'avoir dit ?

– Pour protéger sa femme qui l'a incité à le faire… Les faits l'accablent de plus en plus.

– C'est idiot de nous l'avoir caché et de l'avoir avoué à Radomir.

– Sans doute sa conscience est-elle plus forte que sa raison en ce moment.

– Bon, il nous faut maintenant creuser la piste du Seigneur-Fantôme et en apprendre davantage sur Galbet à Sarajevo. Peut-être allons-nous arriver à des recoupements.

– Qui sait ? Le monde est petit.

– Celui des espions plus encore !

– On va bientôt arriver. Ça te dit de manger un morceau ? Je me suis levé aux aurores et j'ai le ventre vide. À côté du bureau, il y a un délicieux traiteur chinois.

– Manger chinois, c'est de circonstance, répond Martin en plaisantant.

Les deux hommes entrent dans le restaurant Jinshanlou, littéralement « la tour de la Montagne d'or », située sur l'avenue de Belleville, à proximité de la station de métro Porte des Lilas, non loin de la Centrale. C'est un traiteur en apparence comme tous les autres, où l'on peut également se restaurer sur place. Aux murs sont accrochés des menus exotiques et quelques pancartes écrites en sinogrammes ; celles-ci proposent les recettes les plus authentiques, sans glutamate. Différents plats préparés sont prêts à être consommés : les sempiternelles nouilles sautées au poulet, le bœuf aux oignons, les crevettes à la sauce piquante… Une serveuse se tient derrière les présentoirs et accueille les clients avec un grand sourire. Elle salue Hector avec une amabilité particulière et les installe à une table en retrait.

– Tu viens souvent ? demande Martin.

– Oh oui, régulièrement.

– Cela ne pose pas de problème en termes de sécurité ? Il y a fort à parier qu'ils savent que la Centrale se trouve juste derrière, chuchote Martin soupçonneux.

– Non, rassure-toi, j'ai emménagé dans le quartier voici quelques années et ils croient que je suis informaticien dans une petite boîte. Et puis je connais bien le cuisinier, nous avons boxé dans le même club pendant dix ans. Je viens souvent le saluer et il me prépare de bons petits plats.

– Tous les Chinois ne font donc pas de kung-fu, plaisante Martin. Puisque tu es un habitué, je te laisse commander pour moi.

Hector s'adresse alors à la serveuse :

– Nous prendrons à partager deux portions de raviolis à la ciboule et au gingembre, une portion d'aubergines, une autre de lamelles de porc au parfum de poisson, deux bols de riz et deux Tsingtao ! Le chef est-il là ?

– Oui, tu peux aller le voir, il sera content.

Assurant à Martin qu'il en aura pour cinq minutes, Hector se lève et s'engage dans le couloir du fond menant aux toilettes. Il ouvre une porte sur la droite et disparaît dans la pièce. Quelques minutes plus tard, la serveuse apporte les plats dont le fumet ravit Martin. Hector revient de la cuisine au même instant.

– Alors, ça sent bon, hein ? Tu vois, il y a le tout-venant affadi pour les Occidentaux et puis les vrais plats. Celui que j'ai commandé ne figure pas sur la carte en français.

– Tu sembles bien connaître ce monde.

– J'ai fréquenté une fille du 13e pendant plusieurs années, mais c'était avant d'intégrer la Centrale. Je n'aurais jamais pu y rentrer sinon. Principe de précaution, tu sais ce que c'est. Par la suite, je me suis spécialisé au bureau sur la menace chinoise et j'ai toujours considéré qu'il fallait étudier cette culture pour mieux se défendre.

– Oui, c'est bien ce qui nous manque à l'Intérieur. Depuis combien de temps travailles-tu là ?

– Depuis environ vingt ans. Je suis rentré comme militaire à la direction des opérations à l'âge de 23 ans, puis j'ai obtenu de rester dans cette administration en tant que civil. J'ai alors travaillé à la direction du renseignement. C'est là que j'ai connu Barral lorsqu'il était lui aussi simple analyste. Les choses se sont ensuite enchaînées et j'ai demandé à intégrer le BAR qui constitue pour moi le dernier rempart de notre Service. C'est une mission qui me tient à cœur. Et puis il y a la trajectoire de mon père qui a sans doute compté. Il était flic, le genre de gars un peu particulier qui bossait chez toi à la belle époque. Son dernier coup d'éclat fut d'infiltrer le premier cercle d'une organisation criminelle d'Albanais du Kosovo installée en France et en Suisse jusqu'à son démantèlement. C'était après l'éclatement de la Yougoslavie.

– Il s'en est sorti sans casse ? Ces gens-là sont réputés pour ne pas être des enfants de chœur.

– C'est le moins qu'on puisse dire, mais l'opération a été prudemment menée. Il s'est fait officiellement arrêter comme les autres, puis a démissionné et a disparu du circuit en s'installant au Canada. Je pense que je fais aussi ce métier par rapport à lui. Et toi, pourquoi la DGSI ?

– L'exemple d'un aîné moi aussi. Mon nom de famille est Cornwell, je suis de père anglais et de mère française. Mon grand-père était un inspecteur de Scotland Yard.

Quand j'étais gosse, j'adorais écouter ses histoires, bien que je me demande maintenant s'il ne les inventait pas. Mais peu importe, j'étais fasciné et je me suis promis que je ferais comme lui plus tard. Je suis donc devenu inspecteur de police et j'ai bossé au 36. J'ai pas mal tourné, notamment chez les stups et je suis rentré ensuite à la DCRI[1]. Cela fait maintenant une dizaine d'années… Au fait, tant que j'y suis, Martin est mon vrai prénom et je trouve les pseudos ridicules.

– OK, je m'appelle Rodolphe Thureau, mais je préfère garder Hector dans le cadre du boulot.

1. L'ancien nom de la DGSI.

10

Radomir gare la voiture de service devant le numéro 78 de la rue Miromesnil, située dans le 8e arrondissement.

– Voilà, Franck, nous y sommes, c'est en face. Souhaitez-vous que je vous accompagne ?

– Non, ça ira, merci. Barral poursuit avec un sourire : Je suppose qu'en bon professionnel, vous avez piégé mon téléphone pour m'espionner, n'est-ce pas ? Vous travaillez maintenant pour le BAR.

– C'est juste.

– Aucun problème, je le comprends. Simplement, il y a des conversations qui doivent rester privées et celle que je vais avoir en est une. Alors je vous laisse mon portable.

– Comme vous voulez, Franck, mais ça ne va pas leur plaire…

– Vous leur direz que trop d'assistance technique entrave l'imagination ; ils en manquent cruellement, je trouve ! Sans compter que cela outrepasserait le cadre légal, pas vrai ?

Barral pose son téléphone sur le tableau de bord, puis sort du véhicule. Il traverse la rue avec célérité, vêtu d'un élégant complet anthracite. Il sonne, la lourde porte en bois s'ouvre mécaniquement. Et tandis que Barral disparaît sous le porche, Radomir ne peut s'empêcher de sourire à son tour ; il avait anticipé la réaction de son ancien directeur et placé au revers du col de sa veste un micro ultra fin. Connecté à une application de son téléphone sécurisé, il pourra écouter la conversation en direct, puis la transférer au BAR. Cela n'aura bien sûr jamais eu lieu.

Barral emprunte les escaliers. La moquette grise qui recouvre en leur milieu les marches de marbre étouffe le bruit des pas. Arrivé sur le palier du deuxième étage, il s'approche de la porte de gauche. Une plaque de couleur argent indique « JDR-Conseil ». Ce sont les initiales de Jean-Daniel Ricco, ancien Premier ministre aujourd'hui reconverti dans les affaires et la diplomatie parallèle. Il se dit que les chefs d'État eux-mêmes jalousent son carnet d'adresses de par le monde, et sans doute aussi son patrimoine. Barral sonne, attend que la porte se déverrouille, puis pénètre dans l'antichambre au parquet de chêne massif et aux murs clairs. À droite une porte est entrouverte, on y devine un petit salon. En face se trouve l'accès vers le cœur de l'appartement, le bureau de Ricco. Une voix rauque se fait entendre : « Entrez, Franck. »

La pièce est vaste et lumineuse. Des photographies de voiliers ornent les murs sauf celui du fond, recouvert d'une grande bibliothèque. Le sol ligneux, dit « point de Hongrie », tranche avec les meubles contemporains aux formes épurées. Contre le mur de gauche, un canapé scandinave et deux fauteuils en velours vert pastel entourent une table basse en granit sur laquelle sont posés une bouteille de Tullamore 12 ans d'âge et deux verres retournés. Ricco est assis derrière son bureau soigneusement rangé. Il lève sa silhouette, encore imposante malgré son grand âge, et s'approche de son visiteur. « Je vous en prie, asseyez-vous », dit-il en invitant Franck à prendre place sur le canapé avant de s'installer à son tour dans l'un des deux fauteuils. Barral marque un temps. Accrochée au mur, une photographie a attiré son attention. Il y reconnaît son hôte en compagnie de trois autres personnalités posant sur un ponton : Henry Kissinger, Zbigniew Brzeziński et David Rockefeller, chacun d'eux exhibant fièrement un brochet de belle taille.

– Ce fut une sacrée partie de pêche, commente Ricco avec amusement.

– Je ne vous savais pas si bons amis…

– Je pourrais encore vous surprendre bien davantage.

– Je n'en doute pas.

– Bon, Franck, ne tournons pas autour du pot, je suis fort occupé. Jamais nous ne nous sommes fréquentés par plaisir, n'est-ce pas ? Toujours ce fut par obligation. Vous ne m'appréciez guère et c'est réciproque. C'est comme ça. Aussi votre coup de téléphone de ce matin m'intrigue-t-il. Vous êtes désormais à la retraite, enfin libre de côtoyer qui bon vous semble et vous vous empressez de venir me voir. Pour quelle raison ?

– Helen a disparu, répond aussitôt Franck. Il semble que le deuxième bureau soit impliqué.

– Le MSE, dites-vous. Mais pourquoi et de quelle manière ?

– Je l'ignore et c'est là le but de ma visite.

– Franck, je suis sincèrement navré, mais je ne vois pas en quoi je puis vous être utile…

– Le Service se persuade, trop hâtivement à mon goût, qu'Helen est un agent des services chinois. Je suis évidemment convaincu du contraire. Elle a été enlevée et à travers cet enlèvement, c'est moi qui suis vraisemblablement visé. Mais je ne sais pas ce qu'ils veulent… Je ne dispose d'aucune information, pas plus que je n'ai de ses nouvelles…

Ricco fixe son interlocuteur silencieusement. Son regard s'est adouci jusqu'à laisser paraître une discrète empathie.

– Si vous avez des preuves de l'implication du MSE, pourquoi ne leur demandez-vous pas directement ?

– Vous plaisantez ? Ils nieront tout en bloc.

– Vous n'avez rien à perdre, sinon un peu de fierté nationale… Pour le reste, je ne vois pas ce que je peux faire pour vous et j'en suis désolé, croyez-le bien.

– Je sais que vous avez des contacts en haut lieu à Pékin, y compris au sein même du MSE. Je vous en prie, Jean-Daniel, dites-moi ce que vous savez ou alors essayez de vous renseigner, mais de grâce aidez-moi à sortir Helen de là…

Ricco laisse échapper un profond soupir.

– Franck, j'ai une vision claire de ce que je dois savoir et de ce qu'il m'est possible de connaître. Le respect de cette limite constitue le secret de ma longévité dans les affaires. En l'occurrence, je ne peux rien pour vous par le canal chinois. Tâchons plutôt de trouver une autre voie. Je vous sers un whiskey ?

– Je ne bois pas d'irlandais.

– Diable d'Écossais, vous êtes trop chauvin, Franck.

– Il faut bien équilibrer quand d'autres ne le sont pas assez.

– Que voulez-vous dire ?

– La Centrale sait que vous entretenez des liens étroits avec Pékin, et je ne parle même pas de vos relations avec les Russes. Une grande partie de votre immense fortune est d'origine douteuse, Ricco. Vous avez toujours été protégé, mais il me suffirait de passer un coup de fil pour vous mettre dans l'embarras. Je ne reculerai devant rien pour ramener Helen saine et sauve !

– Dussiez-vous me menacer, répond froidement Ricco.

– Dussé-je vous menacer, oui.

– Je respecte ça, de même que je comprends votre situation. Mais votre raisonnement de départ est biaisé. Je ne suis protégé par personne, ce sont plutôt les autres qui cherchent ma protection. Cela change considérablement la donne. Nous avons tous nos secrets, n'est-ce pas ? Et les alliances de circonstance ne nuisent pas forcément au pays.

– Elles vous ont surtout permis de vous enrichir. Le pays, lui, vient après.

– Vous jouez la vierge effarouchée, mais vous n'êtes pas clair non plus. Les Chinois ne vous ont-ils pas déjà approché ?

– Ils ont essayé, c'est vrai. Mais Helen m'a appris à garder les yeux ouverts et cela m'a préservé.

– Si vous le dites… Au fait, êtes-vous encore membre de l'UBSC ?

– … Quel est le rapport ? demande Barral, quelque peu désarçonné par la question.

– Eh bien si je l'avais su à l'époque, vous n'auriez pas eu la carrière qui est la vôtre.

– Que voulez-vous dire ?

– Une façon de vous rappeler que nous ne jouons pas dans la même cour. Vous n'avez vu du monde que des flaques et des ruisseaux, tandis que je navigue sur les mers et les océans. Alors faites attention quand vous venez à moi l'air menaçant, car le petit homme que vous êtes pourrait bien boire la tasse.

Les deux hommes se tiennent du regard. Quelques secondes s'égrènent, Ricco reprend : « Je crois que nous n'avons plus rien à nous dire. Vous feriez mieux de remettre vos bottes de faux gentleman et de retourner sonder les flaques. Mais rappelez-vous qu'une eau bourbeuse qu'on a troublée reste sale longtemps. Peut-être est-ce pour cela que vous n'y retrouvez plus votre femme. »

Barral se lève et sort de l'appartement d'un pas tranquille. Il sait que cette entrevue houleuse ne restera pas sans conséquences, mais il affiche pourtant un air satisfait tandis qu'il redescend les escaliers. Pendant ce temps, Radomir s'empresse de procéder au transfert de l'enregistrement.

Deux heures plus tard au centre de crise.

– Aucune mention d'un quelconque UBSC dans nos archives, tempête Hector, et Internet ne renvoie qu'à une équipe de basket autrichienne ! Qu'est-ce que c'est que cette histoire ?

– Radomir n'en a aucune idée non plus, répond Martin en raccrochant le téléphone. Votre ancien directeur sait garder ses secrets. Il va falloir mieux surveiller le nouveau…

À cet instant, Genet entre dans la pièce, une chemise de papier rouge à la main. Il s'assied aussitôt et s'adresse sèchement aux deux enquêteurs :

– Faisons le point, voulez-vous ? Voici plus d'une heure, j'ai reçu un appel du Président en personne m'ordonnant, je cite, « de mettre un terme aux conneries de Barral » ! Sans doute a-t-il estimé qu'en tant que chef du renseignement, je savais nécessairement de quelles conneries il s'agissait. Mais à ce moment-là, je n'avais pas encore écouté l'entretien avec Ricco. Maintenant que c'est chose faite, le lien est facile à établir. Alors, je vous écoute, expliquez-moi où nous en sommes.

– Voici, monsieur le directeur, répond Hector en consultant ses notes. Nous savons qu'Helen Barral a disparu sans ses effets personnels. La vidéosurveillance la montre quittant son domicile en compagnie de deux individus probablement liés au MSE, lequel avait loué le local pour installer la boutique du faux traiteur. L'un des personnages-clés du dispositif se fait appeler le Seigneur-Fantôme ou bien la Tortue ; il est redouté par la diaspora, opère sur le sol européen et la seule description que nous ayons de lui est une cicatrice sur la joue gauche. Helen a côtoyé durant ses études à Oxford un certain Teddy Lee de Hong Kong dont les Allemands découvriront par la suite qu'il est un espion chinois. L'était-il déjà à l'époque ? Nous ne le savons pas. Helen a également engagé, dans le cadre professionnel, une coopération avec la Chine qui pourrait lui ouvrir en grand les coulisses de l'administration européenne, ce qui s'avère préoccupant, notamment sur la problématique stratégique des télécommunications. Enfin, il y a ce courriel qu'elle a envoyé à sa meilleure amie le matin de sa disparition selon lequel elle avait prévu d'accompagner son mari à la Centrale pour son pot de départ, ce qu'elle n'a pas fait.

– Ce message contredit d'ailleurs l'hypothèse du départ volontaire, poursuit Martin, de même que mettre un terme à sa mission, si elle était un agent, compromettrait le projet pourtant bien avancé d'infiltration des institutions européennes. Pourquoi ne pas avoir attendu qu'il soit sur les rails ? Ça ne colle pas. Et puis, même s'il semble avoir ses secrets, Barral prouve par son comportement qu'il est convaincu de l'innocence de sa femme. On ne va pas impunément menacer l'homme qui murmure à l'oreille des chefs d'État. C'est pourtant ce qu'il a fait.

– Et l'affaire de Sarajevo ?

– Nous ne l'oublions pas, mais la défection de Galbet et le mensonge de Barral ne prouvent en rien la culpabilité d'Helen…

– C'est tout ?

– Pour l'instant oui, monsieur le directeur.

– Alors que dites-vous de ça, messieurs ? interroge Genet en ouvrant la chemise rouge sur la table. Celle-ci laisse apparaître une photographie, un plan rapproché d'Helen en compagnie d'un Asiatique portant une cicatrice sur la joue gauche. Ne serait-ce pas votre Seigneur-Fantôme ?

11

Les deux enquêteurs laissent apparaître leur stupéfaction.

– Monsieur, se risque à demander Hector, comment avez-vous obtenu cette photo ?

– Le directeur du MI-5 me l'a envoyée tout à l'heure de sa propre initiative. Elle a été prise à Londres il y a six mois.

– Six mois ? Mais pourquoi les Brits nous ont-ils répondu ne rien avoir quand on les a sollicités ? tempête Martin.

– Depuis, il y a eu l'épisode Ricco, répond Hector, songeur, je ne vois que ça.

– Vous pourrez le leur demander directement. Vous partez demain pour Londres, tout est déjà organisé ; voyez avec le secrétariat pour les détails. Mais d'ici là, je crois que d'autres surprises nous attendent…

Le téléphone sonne. Hector décroche : « L'officier américain est arrivé, dites-vous ? » Il jette un regard interrogateur à Genet qui acquiesce d'un signe de tête. « Bien, faites-le venir, merci Laurence. »

Une fois le téléphone raccroché, Genet poursuit en refermant la chemise rouge contenant la photo : « Nous ne sommes pas au bout de nos surprises, disais-je, car le Président m'a suggéré de questionner la CIA au sujet de l'affaire de Sarajevo. J'ai donc convoqué leur cheffe d'antenne. Voyons ce qu'elle a à nous dire. »

La secrétaire frappe à la porte : « Monsieur le directeur, voici Patricia Weelher. » L'officier américain est une femme au visage lumineux, âgée d'une cinquantaine d'années. Sa tenue élégante aux reflets bleus s'accorde parfaitement à son regard clair presque intimidant. Elle parle d'une voix posée, plutôt grave, et s'adresse à ses hôtes dans un excellent français bien que mâtiné d'un léger accent :

– Monsieur le directeur, messieurs. Ce n'est pas dans vos habitudes de solliciter une entrevue urgente sans annoncer un ordre du jour. Que se passe-t-il ?

– Je vous en prie, asseyez-vous chère madame, répond Genet tandis qu'Hector lui pose un verre d'eau sur la table. Pour être franc, je vous ai fait venir sur le conseil du Président lui-même qui m'a assuré que vous pourriez nous aider.

– Le Président ? Cela doit être grave. De quoi s'agit-il ?

– C'est au sujet de la disparition d'Helen Barral, l'épouse de mon prédécesseur.

– Ah oui, je suis au courant. J'ai potassé ce matin les dossiers liés à cette affaire… Potassé, c'est bien comme ça qu'on dit, n'est-ce pas ?

– C'est bien comme ça en effet…

– Et que souhaitez-vous savoir précisément ? demande-t-elle avant de boire une gorgée d'eau.

– Que pouvez-vous nous apprendre au sujet de cette femme, mais aussi de Pierre Galbet et plus généralement de l'affaire de Sarajevo ?

– J'ai eu des consignes claires à ce sujet, répond Weelher. Je peux tout vous dire, d'autant que vous nous avez bien aidés en Syrie la dernière fois.

– C'est heureux, je vous en remercie, soupire Genet en s'enfonçant dans son fauteuil. Nous vous écoutons. Barral et Galbet seraient-ils liés de près ou de loin au MSE ?

– Galbet, assurément. Mais vous le savez déjà. Je peux toutefois vous donner des éléments supplémentaires qui vous intéresseront. Comme vous le devinez, la Bosnie-Herzégovine s'inscrit dans un contexte particulier pour Washington. D'un côté, elle aspire à intégrer l'OTAN ; pour rappel, elle participait déjà en 2010 au Membership Action Plan. Mais d'un autre côté…

– D'un autre côté, il y a ses liens avec la Chine, n'est-ce pas ? demande Hector tout en notant les propos de Weelher.

– Absolument et c'est là tout le problème. À cette époque, Sarajevo commençait en parallèle à tisser une relation étroite avec Pékin et préparait, entre autres, sa participation au Groupe 16+1. Le gouvernement américain voulait savoir à quoi s'en tenir, l'Agence a donc eu pour mission de renforcer son dispositif de renseignement et d'évaluation sur place.

– Poursuivez, je vous en prie, suggère Genet, témoignant d'une certaine impatience.

– Parmi les actions que nous menions pour éprouver la fiabilité des autorités bosniennes à notre égard, nous organisions des opérations conjointes sur leur territoire et clandestinement ailleurs en Europe de l'Est. Elles se sont toutes bien déroulées à l'exception d'une qui concernait, comme par hasard, le recrutement d'une source chinoise sensible.

– Sensible, c'est-à-dire ? interroge Martin en levant le nez de son cahier où il transcrit le verbatim de Weelher.

– Cette source était liée à une unité de cyberguerre de l'Armée populaire de libération.

– Rien que ça !

– Oui, pas mal, n'est-ce pas ? répond Patricia en souriant. Hélas la source a disparu. Nous pensons qu'elle a été compromise. Mais je vous rassure, nous avons fait bien mieux depuis !

– Continuez je vous prie, interrompt Genet en s'agitant dans son fauteuil.

– Nous avons donc mené notre enquête ; c'était aussi une bonne opportunité pour tester notre relation avec l'OSA, l'agence bosnienne de renseignement et de sécurité. Ce faisant, nous sommes remontés assez rapidement jusqu'à Galbet.

– Pouvez-vous préciser ?

– L'enquête interne a révélé que deux agents avaient été retournés par le MSE, un Bosnien et un collègue de l'Agence.

– Quels étaient les leviers ?

– L'agent de l'OSA avait une fille atteinte d'une maladie orpheline et il lui fallait des sommes d'argent conséquentes pour la faire soigner à l'étranger. S'agissant de notre collègue, ils ont mis le paquet pour le piéger. Son frère est ingénieur et travaillait alors pour une filiale américaine basée à Bangkok. Le deuxième bureau a recouru aux services des triades sur place et de certaines autorités locales corrompues pour le compromettre avec de la cocaïne à son domicile. Ils se sont aussi arrangés pour qu'il paraisse impliqué dans un trafic de méthamphétamines. C'était malin car la Thaïlande se montre très sévère sur ces questions, même vis-à-vis des étrangers.

– La mafia chinoise en Thaïlande ?

– Oui, répond Hector, les triades y sont en pleine résurgence depuis les années 1980.

– Le frère de notre collègue fut aussitôt emprisonné avec des compagnons de cellule bien choisis, il risquait entre vingt ans de réclusion et la peine de mort. Autant dire qu'il était condamné dans les deux cas…

– À moins évidemment que son frère ne coopère, poursuit Genet, absorbé dans le récit. Et Galbet dans tout ça ?

– Il est précisément le point commun entre les deux hommes.

– Vous voulez dire qu'il les a recrutés lui-même pour le compte des Chinois ?

– Non. Mais il était en première ligne dans le dispositif. Il les a identifiés comme étant des cibles pertinentes, puis les a approchés, « environnés » et donnés au MSE.

– Si je comprends bien, dit Martin, Galbet était un rabatteur pour le deuxième bureau, c'est ça ?

– C'est ce que nous pensons, oui. Un excellent rabatteur d'ailleurs car il entretenait des relations cordiales avec tout le monde. Il avait ses entrées chez les diplomates et les militaires jusqu'au cœur du quartier général militaire de l'OTAN à Sarajevo.

– C'est fascinant, le monde est décidément bien petit, reprend Genet en se frottant le menton.

– Patricia, poursuit Hector, disposez-vous d'informations sur les officiers du MSE qui ont traité les deux agents doubles ?

– Rien d'exploitable. Ils communiquaient sous de fausses identités avec des plans de liaison bien montés. L'agent bosnien a simplement fait allusion à « une tortue », vraisemblablement un nom de code pour désigner un responsable du traitant. Mon collègue de l'Agence, lui, a eu un traitement de faveur. Il a été reçu une fois par le chef du réseau clandestin lors d'une mise en scène intimidante. Plongé dans l'obscurité, il n'a pu que l'entendre. Ce chef se faisait appeler *The Ghost Lord.*

– Tiens donc…, lâche Martin.

– Cela vous dit quelque chose ?

– D'après nos informations, poursuit Hector, la Tortue et le Seigneur-Fantôme, votre *Ghost Lord*, seraient la même personne, un homme en l'occurrence.

– Très bien, merci. Je l'ajouterai dans le rapport.

– C'est inouï ça, s'interroge Genet, les Chinois sont nombreux, alors pourquoi tombe-t-on toujours sur ce même bonhomme ?

– Vous noterez qu'à chaque fois, répond Hector, c'est sur le sol européen, cela concerne des recrutements parmi les institutionnels et il y a un lien avec les triades. Cela révèle peut-être un mode opératoire et un périmètre d'action. Qu'en penses-tu, Martin ?

– Ce n'est pas illogique. Le deuxième bureau monte pour chaque objectif des petites structures agiles qui ont une obligation de résultat, remédiant ainsi aux lourdeurs de l'administration centrale. Ce Seigneur-Fantôme semble, lui, faire le lien entre les opérationnels et l'état-major. Il inspire aux autres de la crainte et joue de mystère. En intervenant parfois lui-même, il confère à la situation une gravité particulière quand celle-ci l'exige. Le dispositif n'en devient alors que plus convaincant pour la source. C'est plutôt bien vu et cela nous en apprend davantage sur leur façon de procéder.

– C'est certes très intéressant tout ça, mais nous nous éloignons du sujet initial, reprend Genet en tapotant la table. Quel est le lien avec Helen Barral ?

– Elle et Galbet entretenaient une liaison, répond Weelher, interrompant aussitôt le tapotement du directeur. Nous tenons cette information des Bosniens.

– Son mari était-il au courant ?

– D'après une source de l'OSA à l'ambassade, il l'a appris peu de temps après.

– Nom de Dieu ! Il nous a bien promenés !

– Ça, il faut lui reconnaître un certain talent, se dit Martin à voix basse.

– Se peut-il que Galbet ait traité Helen ? demande Genet.

– À moins que ce ne soit l'inverse, poursuit Hector.

– Nous l'ignorons, répond Patricia en haussant les épaules. Mais il y a encore une chose. Les Bosniens sont convaincus que les Chinois ont une deuxième source… Peut-être dans votre jardin, voire dans votre maison. Ils mènent encore leur enquête et ont plusieurs fois sollicité la DGSE à ce sujet, en vain. Je reconnais que c'est délicat, mais sans doute devriez-vous éclaircir ça avec eux.

– Oui… Bien sûr… J'ignorais tout de cela et vais m'en charger, répond Genet. En tout cas, pour l'heure, je crois que nous avons fait le tour de la question. Nous n'allons donc pas abuser davantage de votre temps. Permettez-moi de vous raccompagner.

Genet et Weelher se lèvent pour se retirer, ainsi que Martin et Hector pour la saluer. Sitôt la porte refermée, les deux enquêteurs réfléchissent silencieusement. Hector relit ses notes tandis que Martin traverse la pièce, les mains dans les poches, en s'approchant des photos de la disparue accrochées sur le mur. « Eh bien chère Helen, si vous pouviez parler, que nous diriez-vous ? » questionne-t-il à voix haute comme s'il espérait d'elle une réponse, peut-être sous la forme d'un indice oublié qui surgirait à sa mémoire telle une fulgurance. Et tandis qu'il soupire, la sonnerie du téléphone retentit. « C'est le directeur », dit Hector en regardant l'écran, « il est remonté comme un coucou ». Il décroche et active le haut-parleur : « Messieurs, je crois que nous pouvons désormais raisonnablement affirmer qu'Helen Barral est une espionne chinoise ; tâchez d'en apporter la preuve ! Quant à son mari, mettez-le à poil ! Je veux savoir jusqu'où il s'est compromis pour protéger sa femme. Il nous a pris pour des imbéciles, il va le regretter ! J'attends un débrief à votre retour de Londres. »

12

Le lendemain matin à 8 heures, Hector et Martin arrivent devant le domicile des Barral où ils se sont donné rendez-vous. Ils profitent de la sortie d'un résident pour franchir la grille, puis passent devant la loge de Mme Fonte qu'ils saluent d'un signe de la main. Après avoir sonné à l'interphone, ils pénètrent dans le bâtiment et gravissent les escaliers, tandis que l'ascenseur redescend. Ils ignorent qu'à l'intérieur se trouve le directeur des opérations venu soutenir son vieil ami avant de regagner son bureau. Hector frappe à la porte de l'appartement. Radomir l'entrouvre prudemment, puis laisse entrer les deux hommes.

– Eh bien, quel défilé ! dit-il en plaisantant.

– Pourquoi donc ? demande Hector.

– N'avez-vous pas croisé le DO ?

– Non. Il était là ?

– Tristan est venu prendre de mes nouvelles, c'est un ami fidèle, répond Barral depuis le salon. Venez donc vous installer. Prendrez-vous un café ?

– Non merci, nous ne resterons pas longtemps.

Les deux enquêteurs prennent place autour de la table basse, Hector sur un côté du canapé et Martin dans l'un des fauteuils. Radomir, quant à lui, reste en retrait, fidèle à son habitude. Il a terminé la lecture de *News from Tartary*. C'est à présent *Terre des hommes* de Saint Exupéry qui l'accompagne depuis la veille après qu'il l'a extrait de la bibliothèque de son hôte, son « VIP », dirait-il dans son jargon professionnel. Attiré par le titre, il avait ouvert l'ouvrage au hasard et était tombé sur un passage dont la résonance s'était révélée douce à ses oreilles et forte en son cœur :

Nous voulons être délivrés. Celui qui donne un coup de pioche veut connaître un sens à son coup de pioche. Et le coup de pioche du bagnard, qui humilie le bagnard, n'est point le même que le coup de pioche du prospecteur, qui grandit le prospecteur. Le bagne ne réside point là où des coups de pioche sont donnés. Il n'est pas d'horreur matérielle. Le bagne réside là où des coups de pioche sont donnés qui n'ont point de sens, qui ne relient pas celui-là qui les donne à la communauté des hommes.

Barral confia à Radomir que son goût pour l'imparfait du subjonctif lui venait précisément de sa lecture de Saint Exupéry. « Celui-ci n'a pas la froideur d'un mathématicien de la langue ou d'un virtuose des mots, ajouta-t-il, c'est même tout le contraire. Saint Ex réchauffe le cœur du lecteur et fait d'un recoin de la jungle, du désert ou du ciel une halte sur les chemins de l'homme et du monde. Chez lui, l'imparfait du subjonctif n'intimide pas, il dévoile pudiquement des champs du possible jusqu'alors insoupçonnés par le lecteur : “le plus merveilleux était qu'il y eût là, debout sur le dos rond de la planète, entre ce linge aimanté et ces étoiles, une conscience d'homme dans laquelle cette pluie pût se réfléchir comme dans un miroir”. »

Tout au long de ces années, le directeur et son garde du corps se sont empêchés de devenir intimes eu égard à leur relation professionnelle et hiérarchique, mais ils se savent proches, plus proches encore depuis quelques jours. Partager le goût d'un livre est déjà une invitation à un usage du monde. Cela rapproche les âmes. Aussi Radomir écoute-t-il attentivement la conversation qui s'engage entre les enquêteurs et Barral.

– Merci de nous recevoir à cette heure, Franck. Nous venons tôt car nous partons ensuite à Londres rencontrer le MI-5.

– Rassurez-moi, vous n'y allez pas dans cette tenue, répond Barral en regardant ses deux interlocuteurs d'un air réprobateur. Que je sache, des jeans et des baskets n'ont jamais représenté la France !

Radomir esquisse un sourire devant la gêne provoquée par cette remarque. Il sait mieux que quiconque, à l'exception d'Helen sans doute, combien l'exigence vestimentaire compte pour Franck. Jamais ce dernier ne s'abandonnerait avec lâcheté aux capitulations de la nonchalance. Ce serait une défaite et l'aveu de ne plus conduire lui-même son existence. Pareille chose semble bien difficile à comprendre pour de jeunes officiers traitants. Il est même arrivé que la Centrale fût traversée de bon matin par quelque nouvel agent en trottinette, ce qui ne manqua pas de fâcher son directeur.

– Bon, je vous écoute, reprend Barral. Avez-vous progressé ?

– Pour vous dire les choses franchement, les raisons de notre visite ne sont pas des plus plaisantes, prévient

Martin en joignant les mains, les coudes appuyés sur ses genoux.

– Allez droit au but, voulez-vous !

– Soit. Pourquoi nous avoir menti au sujet de Galbet ? Nous savons que vous lui avez parlé le soir de votre dîner à l'ambassade.

Barral marque un temps avant de répondre sur un ton glaçant tandis qu'il se tourne vers Radomir :

– Vous savez ce qu'on dit, recevoir un coup de poignard dans le dos fait moins mal que de découvrir qui vous l'a donné. Je me suis confié à vous comme à un ami et vous m'avez trahi.

– Radomir n'a trahi personne, s'empresse de répondre Hector d'un ton sec. Il n'a fait que son travail et vous devriez, comme lui, vous soucier davantage de vos obligations. Veuillez donc nous répondre. Pourquoi ce mensonge ?

– Vous le savez bien.

– Pour protéger Helen, je suppose.

– Confesser son indulgence à l'endroit de Galbet l'aurait rendue encore plus suspecte à vos yeux et elle n'avait pas besoin de ça tant vous la considériez déjà comme une traîtresse !

– Savez-vous qu'Helen et Galbet entretenaient une liaison à Sarajevo ? demande Martin.

Barral pousse un soupir avant de regarder le ciel par la fenêtre. Le silence est pesant, difficile à repousser. Il finit par répondre :

– On voit que vous avez l'habitude de conduire des interrogatoires dans la police. C'est probablement quelque chose qui manque à la DGSE. Oui, Helen me l'a avoué peu après… Mais je dois reconnaître qu'elle avait des circonstances atténuantes…

– Que voulez-vous dire ?

– Il me fallait sauver les apparences comme ambassadeur, mais en réalité, je n'étais plus que l'ombre de moi-même. Le meurtre de mon frère m'avait anéanti… J'étais devenu dépressif et irascible… Bref, de fort mauvaise compagnie pour Helen. Je comprends donc qu'elle ait eu besoin de se changer les idées.

– Pourquoi parlez-vous de meurtre ? reprend Hector.

– Quelques semaines avant son décès, mon frère m'avait fait parvenir une lettre dans laquelle il disait avoir été témoin de choses graves en opex, des choses qu'il ne pouvait cautionner et qu'il tâcherait de révéler une fois rentré en France. Il a également écrit qu'il aurait besoin de mon aide et de mon entregent pour mener ce combat.

– Voilà donc pourquoi sa mort vous paraît suspecte.

– Je suis convaincu qu'il a été assassiné afin d'empêcher ses révélations et que l'embuscade a servi à maquiller son exécution.

– Êtes-vous au courant que deux militaires appartenant à la même section que votre frère, ainsi que le lieutenant qui la commandait, ont été retrouvés morts quelques années plus tard ?

– C'est censé me consoler ?

– Non bien sûr… Je vous faisais juste état de cette étrange coïncidence.

– Vous ne semblez pas comprendre, mon frère et moi étions extrêmement proches… Je ne me suis jamais remis de sa disparition. Barral a du mal à contenir son émotion. Il essuie une larme avant de poursuivre : Notre enfance a été pour le moins fugitive… Notre complicité est bien la seule chose qui nous a permis de grandir tous les deux sans trop de casse…

– Pardon Franck, je ne voulais pas vous peiner.

– Laissez tomber, ce n'est pas grave, répond Barral en faisant un signe de la main. De toute façon, tout cela nous éloigne à nouveau d'Helen. C'est bien pour elle que vous êtes là, non ?

– Oui justement, poursuit Martin, toujours appuyé sur ses genoux, nous souhaitions vous faire part de l'hypothèse qui tend à s'imposer à la mesure de nos découvertes.

– Laquelle est-ce ? interroge Barral en défiant son interlocuteur du regard.

– Vous vous en doutez, Franck, reprend Hector comme pour délivrer son collègue du fardeau de l'explicitation, l'appartenance d'Helen au MSE semble plus que probable à ce stade de l'enquête.

– Parce qu'elle a côtoyé Lee et Galbet ? Allons Rodolphe, prenez garde au biais de confirmation. Vous savez bien que les certitudes viennent avec l'endormissement de la pensée.

– C'est vous qui me dites ça ? Figurez-vous que si nous allons voir les Anglais aujourd'hui, c'est parce qu'ils nous ont fourni la preuve d'une entrevue récente à Londres entre Helen et un officier opérationnel du MSE, celui-là même qui serait impliqué dans le dispositif du faux traiteur de Bagnolet. Nous avons de bonnes raisons de croire qu'il est également responsable de plusieurs recrutements de sources sur le sol européen.

Barral ne dit mot. Il encaisse. « Maudits Anglais ! » lâche-t-il enfin en se frottant les yeux de sa main gauche.

– Nous sommes vraiment désolés, Franck, mais pour une fois je ne blâmerai pas les Anglais.

– Non, vous n'êtes pas désolés. Mais je n'ai pas dit mon dernier mot, je vais aller voir le Président…

Hector l'interrompt aussitôt :

– Vous ne comprenez pas, Franck. C'est fini. Le Président vous a lâché.

– Comment ça, il m'a lâché ?

– Il a même exigé que nous mettions « un terme à vos conneries », je le cite.

– Voyons, c'est un ami, je ne comprends pas.

– Ne feignez pas d'être naïf ! Vous savez bien qu'à un certain niveau, l'amitié se laisse porter par les vents qui soufflent le plus fort. Ce n'était pas très malin de vous en prendre à Ricco. Son seul nom annonce l'ouragan, tandis que vous ne représentez en comparaison qu'une brise légère. Sachez que vous n'êtes plus le bienvenu à l'Élysée, ni même ailleurs. Pour preuve, Genet veut maintenant savoir jusqu'où vous vous êtes compromis pour protéger votre femme.

– Je comprends donc, messieurs, que nous n'avons plus rien à nous dire. Je ne vous retiens pas.

Tandis que Barral fait un geste de la main en direction de la porte, les deux enquêteurs se lèvent pour prendre congé. À cet instant, Martin reprend la parole :

– Avant de partir, Franck, nous souhaiterions vous poser une dernière question. Qu'est-ce que l'UBSC ?

– D'où tenez-vous ce nom ?

– De votre discussion avec Ricco.

– J'aurais dû m'en douter, encore une trahison de mon ange gardien… UBSC est l'acronyme du nom gaélique d'un cercle très fermé d'amateurs de whisky en Écosse, le *Uisge Beatha Secret Club*. C'est d'ailleurs grâce à lui que j'ai pu avoir ma bouteille d'Uisgeachan Dubha.

– Votre bouteille de quoi ?

– Les Eaux noires, poursuit Barral en montrant du doigt la bouteille de whisky à la noirceur insondable.

– Un club d'amateurs de whisky, c'est tout ? Ricco semblait y voir autre chose.

– Certes, nous y parlons aussi un peu de politique, mais rien qui n'intéresse la France, rassurez-vous… Je vais à présent vous demander de vous retirer. Vous aussi, Radomir.

Ce dernier interroge du regard Hector qui répond aussitôt : « De toute façon, le directeur général souhaite que tu regagnes la Centrale. Cette mission de protection est à présent terminée. » Radomir se lève à son tour, puis s'adresse à Barral :

– Je suis sincèrement navré Franck, je ne voulais pas que cela se termine ainsi.

– Pour moi, rien n'est terminé. Simplement, je ne veux plus vous voir ni entendre parler du Président. Aussi, puisque son fichu bâton gascon vous plaît tant, je vous saurais gré de m'en débarrasser.

– Franck, vous dites ça sous le coup de la colère, mais…

– Prenez-le et fichez le camp !

Tandis que Radomir récupère le cadeau du Président et s'apprête à quitter l'appartement en compagnie des deux enquêteurs, Hector s'adresse à Barral avant de refermer la porte : « À bientôt Franck, nous ne tarderons pas à mettre un point final à toute cette affaire. »

13

Le départ du train Eurostar est prévu à 13 h 13. Hector et Martin doivent se retrouver à midi à la gare du Nord pour effectuer les formalités d'embarquement. Bien qu'ils ne l'eussent pas envisagé initialement, les deux hommes sont finalement rentrés se changer. Après tout, leur ancien directeur a peut-être raison, l'heure n'est certes plus au complet gris et à la cravate noire de la profession d'autrefois, mais il est bon de résister à la déconstruction aveugle de notre époque, celle-là même qui fait de nos rites et de nos cathédrales les gravats d'une nostalgie devenue illégitime. Contrairement à ce que d'aucuns affirment, l'affranchissement de toute frontière, de toute limite, n'est qu'une illusion venue des recoins les plus sombres de la caverne des hommes. Barral a coutume de dire que la spélonque de Zeus se situe à son opposé. De même qu'elle fait entrer au plus profond de soi, de même elle ouvre sur la vastité du monde.

Or de ce vaste monde, ne faut-il pas voir les choses comme on les découvrirait dans la fraîcheur d'un premier matin avant de s'aventurer à les interpréter ? « Quiconque accède à la contemplation se change en semence », écrit Saint Exupéry dans *Pilote de guerre*. Pareil regard est celui d'un cœur intelligent qui se libère des conditionnements à mesure que grandit son accès au savoir. « Le renseignement s'acquiert par la méthode et l'intuition », enseigne-t-on aux jeunes recrues. La première s'apprend et la seconde se développe au fil de la professionnalisation. Elle est ce sens délicat grâce auquel on reconnaît davantage la chose qu'on apprend à la connaître. La démarche rationnelle et la raison intuitive sont les deux jambes de l'officier de renseignement et, plus généralement, de tout enquêteur. Celui-ci chemine, soucieux d'arriver à destination, pressé parfois. Mais il lui faut de temps à autre concéder une halte. Il vérifie alors son orientation, la durée du jour et l'amoncellement des nuages.

« La tempête va tout balayer – qu'elle vienne ! – Plus l'écume d'un seul oiseau entre moi-même et le regard. Le grand vent se pose partout, Il vérifie la solidité des astres… Je sens qu'il faudra être grand dans cette solitude vierge… » Remontant d'un bon pas le boulevard de Denain, Martin ne peut s'empêcher de ressasser chaque élément de l'enquête. Parmi ceux-là, et sans raison apparente, le poème de Fondane l'obsède. Peut-être symbolise-t-il simplement la personnalité de Barral et ses contradictions. L'investigation le concerne à présent davantage, tandis que le mystère autour de la disparition d'Helen paraît déjà éclairci. Comment une compromission si longue et à si haut niveau, éminemment complexe par nature, peut-elle tout à coup devenir transparente ? « Sans doute reste-t-il bien des choses à élucider », se dit Martin en pénétrant dans la gare après avoir contourné Angel Bear, le plantigrade ailé aux éclats vermillon.

Hector l'attend au niveau du hall Londres, vêtu d'un costume bleu marine et d'une parka grise. Martin porte, lui, un pardessus marron sur un complet beige. Tous deux ont fourni l'effort d'assortir une cravate et ne peuvent s'empêcher de sourire sitôt qu'ils se voient. Le retour étant prévu le lendemain matin, ils ont pour seuls bagages deux sacs à dos. Après avoir passé les contrôles de sécurité et présenté leur passeport diplomatique, les deux hommes embarquent en avance à bord du train et s'installent à leurs places respectives sur deux sièges positionnés côte à côte. Autour d'eux, l'espace encore inoccupé permet de dialoguer en toute discrétion, ce que Martin ne tarde pas à faire :

– J'avais rendez-vous hier soir avec le Mandarin. Lors de notre précédente entrevue, au lendemain de la disparition d'Helen, je l'avais orienté sur la Tortue, alias le Seigneur-Fantôme.

– Il t'a appris de nouvelles choses ? demande Hector avec intérêt.

– Deux trois trucs, oui. D'abord, il se trouve que le MSE et les triades coopèrent de plus en plus avec des organisations criminelles albanaises sur le sol européen. Ils leur délèguent notamment les basses besognes d'intimidation et de collecte de dettes. Ensuite, il semble que cette politique de rapprochement soit coordonnée par le Seigneur-Fantôme lui-même.

– Voilà qui est intéressant, ça confirme la compréhension que nous avons de ses missions.

– Ce n'est pas tout, chuchote Martin tandis qu'arrivent des voyageurs. Si tu te souviens de ce que je t'ai expliqué, la diaspora soupçonne les triades de collaborer avec Pékin, c'est pourquoi elle s'en protège et tente de rester à distance. Mais selon le Mandarin, le Seigneur-Fantôme recourrait également à ces mêmes organisations albanaises pour agresser la diaspora chinoise afin que celle-ci aille justement chercher protection auprès des triades.

– C'est malin. En s'ouvrant aux triades, la diaspora s'ouvre conséquemment au MSE qui peut alors la pénétrer pour mieux l'espionner. Le Parti tient à contrôler son récit à l'étranger.

– Absolument. Mais ce que je retiens surtout de cette histoire, c'est que notre Seigneur-Fantôme semble également familier des populations balkaniques.

– Il a fait un bon choix, ce sont des pays magnifiques avec des gens charmants.

– Sans oublier la force de caractère de ses organisations, répond Martin en souriant.

– C'est le moins qu'on puisse dire ! Les informations de ton indic sont pertinentes car elles recoupent le témoignage de Weelher sur l'affaire de Sarajevo.

– Ton père ne t'a-t-il jamais parlé de ce rapprochement avec les Chinois ?

– Non jamais. Cela ne devait pas être si fréquent à son époque.

La voiture se remplit des derniers passagers qui terminent de s'installer. Hector et Martin cessent leur discussion. Le premier sort un livre de son sac et le second son carnet de notes. L'un et l'autre se plongent alors dans la lecture, c'est à peine s'ils sentent démarrer le train.

Eux comme tant d'autres ne lèvent plus la tête pour s'étonner de voir combien de personnes portent désormais un masque de leur propre initiative, ici dans les transports sans pourtant être malades, là en extérieur pour se protéger de l'air. Depuis la fin de l'épidémie, l'obligation n'est plus, mais la recommandation demeure. Les regards se sont adaptés et ont appris à parler plus fort. C'est un autre monde que l'on façonne, plus uniforme, avec moins de relief. Les anfractuosités singulières laissent place à un gigantesque gouffre qui avale tout sans distinction. Il ne s'agit d'ailleurs plus tant d'un masque que du masque. Jadis, un masque avait pour vocation de cacher un visage, de le rendre mystérieux, de lui en substituer un autre, fût-ce d'un homme, d'un animal ou d'un esprit. Aujourd'hui, le masque ne dissimule plus de visage secret, il en fixe les traits communs et avec eux l'insoutenable interchangeabilité des êtres.

Au bout de quelques minutes, Martin ne peut s'empêcher de s'adresser à Hector à voix basse :

– Je sais bien que les preuves se sont accumulées contre Helen, mais il reste des choses que je ne comprends pas. Elle n'était soupçonnée de rien, alors pourquoi ne pas être allée au bout de son infiltration des institutions européennes ? Cela constituait pourtant une opportunité formidable.

– Peut-être juste pour nous faire mal ou nous intimider en nous montrant de quoi ils sont capables… Et puis, sa mission était Barral. Une fois à la retraite, il ne présente plus guère d'intérêt.

– Dans ce cas, pourquoi s'embarrasser d'une telle mise en scène avec un meuble réfrigéré et un vrai repas ? Tout ça ne colle pas…

– J'avoue que cela m'échappe aussi… C'est d'ailleurs pour ça que je lis ce genre de choses, répond Hector en montrant l'ouvrage qui l'accompagne dans ce voyage.

– *Les Trente-Six Stratagèmes*. Qu'est-ce que c'est ?

– Un classique de la stratégie en Chine encore utilisé aujourd'hui, peut-être par les services.

– Je ne connais rien à ce genre de littérature.

– C'est un livre mystérieux qui date vraisemblablement du XVIIe siècle et qui fut redécouvert par un cadre du Guomindang sur un marché chinois en 1941. À l'époque il n'était que l'appendice d'un texte consacré à la quête de l'immortalité. Son intérêt stratégique intéressera ensuite l'Armée populaire de libération qui le rééditera sous forme d'un fascicule indépendant dans les années 1960. Depuis, *Les Trente-Six Stratagèmes* sont devenus l'un des traités militaires les plus fameux de Chine.

– Eh bien quelle histoire ! C'est facile à lire ?

– Pas vraiment. Ses formules lapidaires se comprennent à la lumière du *Yijing*, *Le Livre des mutations*, ce qui constitue une difficulté supplémentaire. Pour les non-initiés comme moi, il faut une traduction annotée.

– Y as-tu trouvé des réponses à nos questions ?

Hector pousse un long soupir avant de répondre :

– Peut-être le trentième stratagème. Voici ce qui est écrit : « D'invité, devenir le maître des lieux. »

– C'est-à-dire ?

– Selon le commentaire qui l'accompagne : « Coincer son pied dans l'entrebâillement de la porte et prendre les commandes, telle est l'avancée progressive. »

– Je ne vois toujours pas le rapport avec notre enquête.

– Évidemment. Il faut, pour ça, lire les formules du *Livre des mutations* qui le concernent et en particulier celle-ci : « Faste est le mariage de la jeune fille. Progresser permet de prendre position, avancer véritablement s'avère méritoire. En progressant par la droiture, on peut rectifier le pays. » Autrement dit, Helen serait la jeune fille devenue l'épouse de Barral et la droiture de son avancée, sa fidélité au Parti. C'est le seul lien que j'ai pu trouver, j'ignore ce que ça vaut. Qu'en penses-tu ?

– J'en pense que c'est tiré par les cheveux.

– Oui, tu as sans doute raison, répond Hector en souriant tandis qu'il referme le livre.

– Non, ne t'arrête pas ! J'aimerais connaître le premier et le dernier de ces stratagèmes.

Hector reprend l'ouvrage posé sur la tablette.

– Le premier dit : « Tromper le ciel pour traverser la mer. » Et le commentaire de poursuivre : « En étant parfaitement préparé, on perd de sa vigilance. Un spectacle familier ne suscite pas le soupçon. Le caché réside dans le manifeste et non dans son contraire. Ce qui est grandement manifeste est ainsi grandement caché. » De ce que j'en comprends, cette dialectique du *yin* et du *yang* semble conforme aux principes généraux du *Livre des mutations*.

– Ce premier stratagème correspondrait aussi à la situation, car personne n'était plus présent aux yeux de Barral que sa propre femme.

– Oui, très juste. Et voici le dernier : « Rien ne vaut la fuite. »

– Ça, c'est bien vu ! répond Martin dans un grand éclat de rire. Mais on ne peut pas dire qu'Helen ait fui… Et que dit le commentaire ?

– « Garder intacte sa propre armée et éviter l'ennemi. En position de faiblesse, il n'y a pas d'offense, on ne s'écarte pas de la constance. »

– Partir pour mieux revenir, j'imagine. Merci du tuyau, je vais moi aussi jeter un coup d'œil à ces *Trente-Six Stratagèmes*.

Après deux heures et quinze minutes de trajet, l'Eurostar arrive à la gare de Saint-Pancras à Londres. Hector et Martin débarquent du train sous l'immense verrière de ce joyau de l'architecture victorienne aux murs de briques rouges. À leur sortie de la gare, un homme d'une quarantaine d'années s'approche et leur adresse la parole en anglais :

– Rodolphe et Martin, je suppose. Heureux de faire votre connaissance, je m'appelle Albert et suis chargé de vous accueillir. Je vais vous guider jusqu'au véhicule.

– Enchantés de vous connaître, répondent les deux visiteurs français avant de le suivre.

– Adieu Hector, bonjour Rodolphe, chuchote Martin non sans malice à l'oreille de son camarade. Je te disais que les pseudos étaient ridicules, même James Bond n'en utilise pas !

– C'est vrai, mais lui boit des vodkas-Martini et moi, je n'aime pas ça !

– Il buvait devriez-vous dire, répond Albert en français sur un ton amusé, car même le grand James a été… *Canceled*… Comment dites-vous cela ?

– Effacé ?

– Oui, c'est ça, effacé. Ah, nous arrivons, voici la voiture.

14

À quelques mètres devant les trois hommes stationne, moteur en marche, un Vauxhall Vivaro de couleur grise. Au volant, un second agent britannique attend ses passagers. Sitôt à bord, Albert demande à ses homologues français d'éteindre leurs téléphones portables, puis de les glisser dans un sac Faraday afin de bloquer tout signal numérique. « Soyez tranquilles, ils resteront près de vous. » La voiture se met en route et emprunte la direction de White City, le long de Westway. Après quelques détours pour s'assurer que le véhicule ne fait l'objet d'aucune filature, le chauffeur profite de la sortie d'un virage serré à gauche sur une voie à sens unique pour pénétrer rapidement dans un parking d'entrepôt, lui-même situé sur la gauche. Il se gare aussitôt derrière le mur de manière à ne pouvoir être vu depuis la route. À ce moment précis, un autre Vivaro de même couleur, arrêté un peu plus loin sur le côté de la chaussée, démarre à son tour, donnant ainsi l'illusion qu'il s'agit du même véhicule.

Une fois le portail métallique refermé, le premier Vivaro peut évoluer à l'abri des regards. Il traverse alors la cour pour entrer dans l'entrepôt. Là, deux autres agents les attendent dans une berline aux vitres teintées à l'arrière. Albert fait descendre Rodolphe et Martin pour les y installer. « David va prendre la suite pour vous accompagner au lieu de rendez-vous », dit-il en remettant à son collègue le sac contenant les téléphones.

Le chauffeur du second véhicule attend un signal dans son oreillette pour se mettre en route. « *Clear.* » La voiture emprunte alors une sortie différente, donnant sur une autre rue, avant de se fondre dans le trafic en direction de Mayfair, c'est-à-dire dans le sens opposé.

– Que de précautions ! dit Rodolphe. J'imagine qu'un dispositif veille sur nous.

– Oui, nous avons renforcé nos procédures de sécurité depuis le Brexit, en particulier pour tout ce qui concerne les affaires chinoises, répond David.

– Qui allons-nous rencontrer ?

– Meredith, la cheffe de la branche du contre-espionnage.

– Ce n'est plus Daniel ?

– Daniel a démissionné et changé de vie après que sa femme a été emportée par la Covid-19.

– Je l'ignorais.

– Pour préserver la confidentialité de votre mission, nous avons choisi de ne pas vous recevoir dans nos bureaux, mais dans l'une de nos bases londoniennes, plus discrète. Avant d'arriver, je préfère toutefois vous prévenir que Meredith n'est pas d'un accès facile, surtout avec les Français… Elle ne vous porte pas vraiment dans son cœur. Mais elle est très compétente et respectée par ses équipes. Alors ne vous formalisez pas trop et tâchez de la convaincre qu'elle ne perd pas son temps en vous recevant.

La voiture s'engage à présent sur Old Burlington Street. Le chauffeur reçoit l'autorisation de disparaître depuis la rue dans un parking souterrain, puis de garer le véhicule. David et les deux agents français prennent ensuite l'ascenseur jusqu'au troisième étage avant de pénétrer dans ce qui ressemble à un appartement. Depuis le palier, l'entrée est protégée par une porte blindée et une caméra de surveillance tout juste décelable par des professionnels. À l'intérieur, deux hommes assurent la sécurité du personnel.

Sitôt la porte franchie, les visiteurs se trouvent dans un grand salon avec en son centre une table en bois ronde autour de laquelle s'articulent deux canapés en tissu de couleur claire et trois fauteuils assortis. Cette première pièce encapsule une seconde, la salle de réunion, elle-même entourée d'épaisses parois vitrées aux rideaux ouverts. Ces cloisons intérieures ont pour fonction d'empêcher toute écoute par laser depuis les fenêtres extérieures. Un long couloir prolonge l'appartement ; sans doute conduit-il à un ou deux bureaux ainsi qu'à la cuisine et à la salle de bains. C'est une configuration fréquente pour ce genre de base. Sur l'un des murs est accroché l'emblème du MI-5, le lion des mers ailé, entouré de herses, de quintefeuilles et de roses rouges, sous lequel on peut lire *Regnum Defende*.

Vingt minutes plus tard, Meredith arrive enfin, accompagnée de son adjoint. Elle ne s'embarrasse pas d'excuses pour son retard. Après tout, ne dit-on pas du vrai patron qu'il est ce personnage prévisible qui arrive plus tard lorsqu'on est soi-même en avance et plus tôt quand on est en retard ?

– Les Français n'ont toujours pas compris qu'il valait mieux envoyer des femmes pour traiter des affaires sérieuses !

– En fait, Isabelle de France n'était pas disponible, elle s'est vu confier une mission plus importante, répond Rodolphe une fois passée la surprise de l'accueil.

– Au moins ceux-là sont cultivés, c'est déjà un progrès. Bon, essayons de ne pas perdre de temps et passons dans l'aquarium, voulez-vous.

Tous les quatre s'installent autour de la table de réunion dans la pièce aux parois de verre. Une fois la porte refermée, Meredith prend la parole :

– Nos Services ne se sont pas beaucoup parlé depuis le Brexit.

– Ils ne se parlaient pas beaucoup avant.

– Il n'y a rien de mauvais dans le changement, si c'est dans la bonne direction.

– Churchill, dit Martin.

Meredith sourit.

– Je vous écoute, pourquoi êtes-vous là ?

– Helen Barral, l'épouse de notre ancien directeur général, a disparu depuis quatre jours, répond Rodolphe. Nous savons juste qu'elle a quitté son domicile en compagnie de deux hommes, vraisemblablement des agents chinois du deuxième bureau. L'enquête conventionnelle conduite par les forces de police ne donne aucun résultat. Nous menons donc en parallèle notre propre investigation. Bien que nous n'écartions a priori aucune hypothèse, son appartenance aux services de RPC paraît de plus en plus probable. Or vous nous avez fait parvenir hier une photo la montrant en compagnie d'un homme que nous croyons précisément être un officier opérations du MSE. Pouvez-vous nous en dire davantage ?

– Comme nous vous l'avons spécifié dans notre précédente réponse, aucun élément n'indique la présence d'Helen Barral sur notre territoire depuis sa disparition. S'agissant de l'homme sur la photo, vous avez raison, nous pensons qu'il est un personnage-clé dans le dispositif du MSE en Europe, en particulier dans les Balkans, et peut-être depuis peu en Grande-Bretagne. Si je comprends bien, vous me dites qu'il opère également en France, n'est-ce pas ?

– Probablement oui, car nous savons qu'il est directement impliqué dans la disparition d'Helen.

– De même, nous pouvons affirmer qu'il collabore étroitement avec les triades, poursuit Martin. Cela semble constituer un de ses modes opératoires récurrents. C'est d'ailleurs dans ce contexte que nous avons entendu parler de lui.

– C'est intéressant, se dit Meredith à voix haute, tandis que son adjoint, toujours silencieux, note avec diligence le contenu de la conversation. Elle poursuit : Il a pour surnom *The Ghost Lord*, vous le saviez ?

– Oui, le Seigneur-Fantôme, c'est bien lui, approuve Rodolphe avec enthousiasme. À dire vrai, nous ignorions jusqu'à son existence il y a encore une semaine. Alors comment avez-vous pu le surprendre en compagnie d'Helen ?

– OK, je vous explique. En 2012, un chercheur américain du nom de Peter Mattis a publié un article fondamental sur les perspectives occidentales à l'endroit du renseignement chinois. Il y dénonce la vision traditionnelle des services occidentaux selon laquelle si le sable d'une plage était du renseignement, les Américains le photographieraient avec leurs satellites, les Russes débarqueraient une équipe d'infiltration depuis un sous-marin et s'enfuiraient avec plusieurs seaux de sable sous le couvert de la nuit. Les Chinois enverraient, quant à eux, mille personnes pour bronzer toute la journée, jouer et s'amuser. Le soir venu, celles-ci ramèneraient leur serviette et la secoueraient dans un même endroit afin de récupérer les grains de sable. Selon Mattis, cette approche de la vague humaine, qui ne permettrait qu'une recherche mal calibrée et opportuniste du renseignement, n'est plus pertinente car le MSE partage désormais la même professionnalisation que les agences occidentales.

– En effet, nous connaissons cet article et en partageons l'analyse.

– Nous avons donc changé notre méthodologie et gagné en efficacité. Si nous perdons progressivement nos relais à Hong Kong depuis l'accession au pouvoir de l'actuel président de RPC, nous avons pu les exploiter suffisamment pour identifier et infiltrer des filières clandestines chinoises sur notre sol. Sans pouvoir vous en dire trop, vous le comprendrez, nous avons réussi à pénétrer une cellule active d'agents du MSE à Londres.

– C'est ainsi que vous avez obtenu la photo ?

– Absolument. Un jour du mois de mars, notre source a reçu la consigne de mettre en place un dispositif de protection pour assurer la rencontre entre un cadre opérationnel du deuxième bureau qui venait à Londres, le Seigneur-Fantôme, et l'un de ses agents. Or, selon les instructions reçues, notre source devait prendre en compte cet agent dès son arrivée à l'aéroport et c'est là que nous avons compris qu'il s'agissait d'Helen Barral, citoyenne franco-britannique et épouse du directeur général de la DGSE.

– Eh bien voilà qui clôt notre enquête, soupire Martin. Cette fois, il n'y a plus de doute. C'était donc elle la deuxième source chinoise à l'ambassade de France à Sarajevo.

– Pourtant, reprend Rodolphe en s'adressant à Meredith, vous dites qu'Helen n'est pas une simple source, mais bel et bien un officier du MSE ?

– C'est en effet ce que nous pensons et ce qu'affirme notre propre source.

– Dans ce cas, pourquoi ne pas les avoir fait arrêter ?

– Parce que nous collectons du renseignement, comme vous. Ce n'est pas dans notre intérêt de démanteler systématiquement les structures que nous suivons.

– Ni d'informer votre partenaire de la présence d'une espionne chinoise dans sa maison !

– Notre partenaire, dites-vous ? répond-elle en souriant. Quoi qu'il en soit, le Seigneur-Fantôme a disparu sans laisser de traces.

– Cette mission a donc démarré sur les bancs d'Oxford, il y a plus de vingt-cinq ans. C'est un joli coup ! reconnaît Martin. Je comprends qu'ils aient voulu nous le faire savoir.

– Non, c'est un péché d'orgueil ! rétorque Meredith avant de poursuivre : Puisque nos services semblent amorcer un nouveau dialogue, je vais vous confier une autre chose susceptible de vous intéresser. Grâce à notre source, nous avons su que le Seigneur-Fantôme allait refaire surface au mois d'août.

– Ce fut le cas ?

– Oui, cette fois dans les Hébrides, sur l'île de Skye, et pour traiter un ressortissant français.

Rodolphe et Martin ne cachent pas leur intérêt. « Que savez-vous sur lui ? »

– En fait, rien de très précis. Les deux hommes se sont volatilisés le jour même. Mais notre équipe à Inverness peut vous recevoir dès demain pour vous présenter ce dossier en détail. Peut-être pourrions-nous coopérer sur cette affaire. Qu'en dites-vous ?

– Excellente idée, confirme Rodolphe. Qu'en penses-tu Martin ?

– Je ne sais pas... Cela dépasse notre mandat...

– Allons, nous ne sommes pas à deux jours près, sans compter que le Seigneur-Fantôme est notre seul fil d'Ariane. Et puisqu'un autre Français est impliqué, tâchons d'en savoir plus.

– Si tu veux, répond Martin après un court temps de réflexion. J'ai encore une question, Meredith. Pourquoi nous avoir finalement envoyé la photo après une première réponse négative ?

– Vous avez un ancien Premier ministre au bras long qui a été fortement contrarié. Et puis je dois dire que Franck Barral n'est pas très aimé par ici. L'opportunité de l'embarrasser, fût-ce au moyen de son épouse compromise, était une occasion à ne pas rater. Bon, voilà tout ce que je peux vous dire, messieurs. Pour le reste, voyez avec Inverness.

Meredith se lève avant d'ajouter : « Je vous souhaite un bon voyage dans les Highlands. »

15

L'avion atterrit ce mercredi en début d'après-midi sur la piste centrale de l'aéroport situé au nord-est d'Inverness, la cité culturelle des Hautes Terres. Au pays des Scots, la nature couvre de son épais manteau la laideur des commodités humaines. L'heureux voyageur est ici accompagné par les eaux paisibles et argentées du Moray Firth, enfant des Highlands et de la mer du Nord. L'Écosse, pour qui sait la voir, demeure une promesse de ressourcement d'où que l'on vienne.

Rodolphe et Martin sont accueillis dès leur arrivée par deux agents de l'antenne locale du MI-5. Gerald est un membre à part entière du *Security Service*, tandis qu'Ailsa appartient à une branche spéciale de la police en charge du contre-espionnage. Les deux entités travaillent en étroite collaboration, d'où le détachement d'Ailsa au sein de l'équipe locale du MI-5. Le Range Rover gris métallisé qu'elle conduit roule à présent en direction du sud-ouest sur l'A96 et passe à proximité du champ de bataille de Culloden.

– Meredith nous a demandé de bien nous occuper de vous, dit Gerald en se retournant vers les deux passagers français. Nous allons donc vous conduire sur Skye et reconstituer là-bas ce qui s'est passé. Nous pourrons ainsi joindre l'utile à l'agréable. Qu'en dites-vous ?

– C'est fort aimable, répond Martin. Nous aurons le temps de tout faire aujourd'hui ?

– Non, bien sûr. Nous avons quasiment trois heures de route avant d'arriver à Portree. On s'installe tranquillement ce soir et on commence à travailler demain matin. En attendant, ouvrez grand les yeux car les paysages sont splendides. Nous empruntons la route du Nord.

– OK, mais si cela ne vous ennuie pas, nous ouvrirons aussi un peu la bouche en route, répond Rodolphe. Que pouvez-vous nous apprendre sur le Seigneur-Fantôme ?

– Nous savons très peu de choses à son sujet. D'après la source dont vous a parlé Meredith, le Seigneur-Fantôme aurait fait ses premières armes à Hong Kong avant de se spécialiser sur l'Europe, mais ce n'est pas très clair. Destiné à travailler en France, il aurait passé quelques années dans plusieurs pays de l'Afrique francophone pour s'y préparer.

– C'est le parcours classique des espions du MSE qui sont envoyés sur notre territoire.

– En effet. Mais sa singularité tient surtout à sa seconde spécialisation.

– La sphère balkanique ?

– Oui, il semble avoir beaucoup œuvré à Sarajevo et à Tirana.

– C'est sans doute là qu'il a appris à travailler en bonne intelligence avec les mafias occidentales, poursuit Martin. Après la France et les Balkans, il vient désormais au Royaume-Uni. Savez-vous pourquoi ?

– Les deux fois où nous l'avons vu, c'était pour traiter des ressortissants français ou franco-britanniques, dont Helen Barral. Or, choisir un pays tiers pour le traitement est chose courante.

– Pour les services occidentaux oui, mais certainement pas pour le MSE qui traite généralement ses sources sur son propre sol.

– Le Seigneur-Fantôme semble, lui, moins rigide. C'est aussi ce que confirme notre source.

– Savez-vous d'où lui vient sa cicatrice ?

– On raconte, mais ce n'est peut-être qu'une légende, qu'une tête de serpent des triades hongkongaises aurait éprouvé son courage et sa fiabilité jusqu'à le défigurer. C'est ainsi que la réputation du Seigneur-Fantôme serait née.

La discussion se poursuit durant une partie du trajet. Progressivement, les mots laissent place au silence de la contemplation. Les paysages traversés sont ceux de la lande, des rochers et des lacs, de la bruyère et des tourbières. Aux couleurs chaudes de l'automne répondent la fraîcheur des vents, la transparence des eaux bleues et la profondeur des vallées façonnées par les glaciers.

– C'est sublime ! reconnaît Martin.

– En Écosse, répond Ailsa, on n'habite pas seulement le monde des hommes, on habite aussi celui du ciel, de la terre et des fées.

– Sans oublier celui des nuages, plaisante Rodolphe.

– Si le ciel te paraît plus bas ici qu'ailleurs, c'est parce que tu en es plus près !

La silhouette de Skye ne tarde pas à émerger du brouillard auquel elle doit son surnom d'île des Brumes depuis le début du XIXe siècle. Sa sombreur tellurienne, bien que traversée d'éclairs verdoyants, contraste avec la rondeur pâle du pont qui la relie au village de Kyle of Lochalsh. L'arrivée est intimidante. Quiconque s'avance au-devant de l'île chemine en lui-même. L'obscurité du soir, qui se fait plus épaisse, ajoute à l'humilité. Le silence à l'arrière de la voiture ne trompe pas, il durera jusqu'à la jetée de Portree. « Nous y sommes », déclare joyeusement Ailsa en garant le Range Rover. « Nous allons dîner et dormir sur place afin de commencer dans les meilleures conditions demain matin. »

Avant de passer la nuit au Pier Hotel, situé un peu plus loin sur le quai, les quatre agents font halte au Lower Deck. La façade bleu foncé met en valeur l'harmonie intérieure des peintures jaunes et du mobilier de bois. Aux murs sont accrochées des cartes géographiques et de vieilles photographies. L'accueil y est sympathique et les bières locales délicieuses. « Vous êtes nos invités ce soir », lance joyeusement Gerald. « Ici, les poissons et les fruits de mer sont fameux, alors régalez-vous ! » Une fois la commande passée, les convives se mettent à l'aise pour discuter.

– Vous êtes vous-même écossais ? demande Rodolphe.

– Oui, répond Ailsa, toute ma famille est originaire d'Ullapool.

– Quant à moi, poursuit Gerald, je n'ai pas vraiment le teint local. Je suis d'ascendance trinidadienne et j'ai grandi dans la banlieue de Londres. Mais depuis que je travaille ici, je me sens chez moi. Les Écossais sont des gens charmants, vous savez. Et c'est sans parler de leur whisky et de toutes les autres choses ! D'ailleurs, regardez, je ne porte plus que du *Harris Tweed* ! Gerald montre avec malice sa veste élégante et sa casquette assortie.

– Qu'en est-il des velléités d'indépendance ? interroge Martin. Lors d'une précédente visite à Culloden, j'ai vu beaucoup de tombes fleuries. Les blessures sont-elles vraiment cicatrisées ?

– Oh, ce sont bien plus que des velléités ! rétorque Ailsa. Le mouvement pour l'indépendance écossaise est en passe de triompher. De plus en plus de gens mesurent les bienfaits à venir…

– Il faut dire que les nationalistes cultivent une vision un peu manichéenne, interrompt Gerald. À les écouter, l'Écosse est sociale-démocrate et soucieuse du peuple, tandis que l'Angleterre serait un monstre néolibéral. C'est un peu simpliste, non ?

– Prouve-moi le contraire !

– À quoi bon ? Tu n'écoutes pas mes arguments. Je vais plutôt commander d'autres bières !

– Plus sérieusement, poursuit Ailsa, les indépendantistes du SNP ont remporté soixante-quatre sièges sur cent vingt-neuf aux dernières législatives, sans compter le ralliement des écologistes. C'est une grande victoire ! Ça prouve qu'il se passe quelque chose !

– Comment l'expliquez-vous ? Je veux dire, pourquoi maintenant ?

– À cause du Brexit bien sûr ! La majorité des Écossais souhaite rejoindre l'Union européenne.

– Le Brexit, c'est tout ?

– Ce n'est pas rien ! Si certains restent nostalgiques du royaume d'Écosse et si d'autres ont longtemps souffert de la politique thatchérienne, le vrai projet indépendantiste, lui, n'est pas tourné vers le passé. Il ne vise pas tant à réparer l'histoire qu'à construire un futur commun.

– Alors pourquoi ne pas bâtir cet avenir ensemble au sein de la Grande-Bretagne ? demande Gerald en se rasseyant.

– Je n'y peux rien, la souveraineté populaire est née autour des lochs, pas sur les rives de la Tamise. Elle est le chardon plus que la rose. On ne veut pas d'un pouvoir absolutiste.

– Tu exagères, Ailsa. Nos amis vont croire que les Écossais préfèrent les Français aux Anglais !

– Sûrement un reste de la Vieille Alliance, plaisante Martin en portant un toast. Cela me fait penser à ce que Meredith nous a dit au sujet de Barral.

– Quoi donc ?

– Qu'il n'était pas très apprécié, du moins à Londres. Savez-vous pour quelle raison ?

– Assurément son appartenance à l'UBSC, répond Gerald avec une gravité soudaine.

– Pourquoi ? Ce n'est qu'un cercle d'amateurs de whisky, certes un peu conservateurs, et puis alors quoi ? La belle affaire non ?

– Un peu conservateurs ? Vous plaisantez ? Vous devriez plutôt dire réactionnaires et subversifs !

– Que voulez-vous dire ? demande Rodolphe en se rapprochant.

Gerald paraît embarrassé. « C'est-à-dire… Je ne sais pas si je peux… » Il interroge du regard Ailsa qui opine du chef. « OK. Disons que l'UBSC incarne le nationalisme dans sa forme la plus radicale. »

– Radicale, vous voulez dire au point d'envisager des actions de déstabilisation ?

– Oui, c'est semble-t-il leur projet et nous n'excluons pas l'éventualité d'une lutte armée.

– Comment est née cette organisation ? interroge à son tour Martin.

– Elle demeure très opaque, tout comme son histoire garde une part de mystère. Mais voici ce que l'on sait : l'UBSC aurait été fondé dans les années 1930 par des anciens membres, sans doute parmi les plus extrémistes, du Scottish National Movement. On soupçonne leurs héritiers de vouloir mettre sur pied une armée sur le modèle de ce qu'aurait dû être la Scottish Liberation Army. Certains d'entre eux auraient aussi pris part à quelques actions terroristes perpétrées dans les années 1970. À ce jour, on a identifié plus de soixante membres actifs à travers toute l'Écosse. Ce n'est pas rien car il ne s'agit là que du cercle des officiers, pas des soldats. Tous sont résolument tournés vers le passé et continuent de voir en l'Angleterre leur ennemi juré. La passion partagée du whisky n'est qu'une façade.

– Mais que fait Barral dans cette galère ? soupire Martin… Enfin, quoi qu'il en soit, cet UBSC reste fort éloigné des préoccupations chinoises.

– Détrompe-toi, rétorque Ailsa. Les courants indépendantistes aspirent majoritairement à une société progressiste. C'est pourquoi ils se montrent critiques vis-à-vis de la RPC. Pour preuve, le journal *The National* a publié plusieurs articles sur la question des Ouïghours et sur l'influence chinoise en Occident. De leur point de vue, il s'agit surtout de veiller à ce que le gouvernement ne sacrifie pas les exigences de la morale sur l'autel des affaires. Mais l'UBSC ne l'entend pas ainsi.

– C'est-à-dire ? demande Rodolphe, quelle est sa position sur la Chine ?

– Justement, répond Gerald, l'UBSC a récemment accueilli deux officiels de l'ambassade chinoise que nous pensons appartenir au MSE. Hélas, nous ignorons ce qu'ils se sont dit. Mais cette entrevue faisait suite à un voyage en Chine de plusieurs membres du Secret Club. Ils semblent manifestement nouer une relation étroite.

– On peut donc supposer que le Parti communiste chinois tente une manœuvre d'influence auprès des nationalistes écossais les plus conservateurs pour contrecarrer la tendance actuelle qui lui est défavorable. L'UBSC n'est peut-être pas le seul groupe concerné.

– Oui, mais il est de loin le plus dangereux.

– Si vous dites vrai, la Chine tenterait par ce biais de diviser un peu plus les indépendantistes tout en exacerbant les risques de scission du Royaume-Uni. Voilà qui est intéressant…

À cet instant, Ailsa propose de conclure la discussion avec panache, une forme de gravité joyeuse ou de profondeur légère, quelque chose d'oxymorique qui épaissit l'être à mesure qu'il le tire simultanément vers le ciel et la terre : « *Cum in astra venies, loquere tum caelestia ; terrena iura patere dum terram coles. Terrena vereor regna, pareo regibus ; aeterna patriam regna puto, regem colo.* » Goûtant l'effet de silence soudainement produit, elle marque un temps avant de traduire sa récitation : « Le roi Hérode dit à Jean le Baptiste : “Quand tu iras aux étoiles, parle alors des cieux, mais tant que tu habites la terre, soumets-toi aux lois d'ici-bas.” Et Jean de lui répondre : “Je respecte les royaumes d'ici-bas tout comme j'obéis à leurs rois, mais je pense que le royaume éternel est ma patrie et j'honore son roi". Tout est dit », poursuit-elle, « mais personne ne l'entend ».

– Pour une fois que ce n'est pas du gaélique ! commente Gerald en riant.

– De qui est-ce ? demande Martin.

– De George Buchanan, un humaniste écossais qui fut, entre autres, le professeur de latin d'un certain Michel de Montaigne... Si nous allions nous coucher à présent ?

16

Tôt le lendemain, Martin descend le premier tandis que le soleil se lève. Il s'installe dans la salle commune de l'hôtel où l'on sert le petit déjeuner, puis contemple un moment l'astre aux reflets rougeoyants. L'aurore est douce et sans nuages. Les embarcations amarrées dans le port s'animent sous le vol élégant des mouettes aux ailes coudées. Des clameurs stridentes indiquent la présence de goélands sur la jetée. Ils attendent les pêcheurs. Martin les cherche du regard et finit par apercevoir l'un d'eux, la démarche fière et le regard dur. Il sourit en pensant à *Jonathan Livingston le goéland*, à celui-là qui « sommeille en chacun de nous ». Ce texte l'enthousiasma tellement dans sa jeunesse qu'il en apprit des extraits par cœur. Le passage inaugural, ici de circonstance, est de ceux-là : « C'était le matin et l'or d'un soleil tout neuf tremblait sur les rides d'une mer paisible. À une encablure du rivage, le bateau de pêche, relevant ses filets, invitait au petit déjeuner, et son appel transmis dans les airs attira mille goélands virevoltants et se disputant les débris de poisson. Une nouvelle journée de labeur commençait ainsi. »

À l'aimable employée de l'hôtel, Martin répond qu'il passera commande avec ses camarades qui ne tarderont pas à le rejoindre. En attendant, il allume son téléphone portable pour se plonger dans la lecture d'un article qu'il a mis de côté la veille.

[...] *Oublieux des limites ontologiques, augmenté mais non grandi, l'individu efface aujourd'hui le trait d'union spinozien entre l'éthique et la géométrie. Il imagine s'émanciper à mesure qu'il délaisse la conjugaison délicate de la liberté et de la nécessité. Remplir pleinement le cadre du monde et la part de soi qui l'habite, voilà pourtant une promesse ancienne et magnifique. L'Homme (terme épicène, faut-il le préciser) y gagne en épaisseur, en profondeur et en densification de son être. Il ne saurait donc faire l'économie du passé même si la société semble désormais l'inscrire davantage dans l'espace (la connexion) que dans le temps (la transmission). Relisons, s'il est encore temps,* La Crise de l'éducation *d'Hannah Arendt pour nous rappeler que l'école doit enseigner aux enfants à vivre dans un monde qui est plus vieux qu'eux.*

L'attitude conservatrice, qui devrait ainsi offrir à l'éducation ce qu'elle a de plus beau, connaît deux vocations : d'une part, elle empêche le vain sacrifice des constances anthropologiques sur l'autel de la postmodernité ; d'autre part, elle offre les outils nécessaires pour cultiver une vie bonne. Les écrits de Sénèque, par exemple, ne sont-ils pas une formidable trousse à outils existentiels ? Cet usage particulier du monde remédie à son usure générale et l'empêche de craquer davantage. L'attitude conservatrice n'a donc rien de rabougri ; elle est au contraire éclairée, émancipatrice, ouverte et généreuse, car elle préserve un patrimoine humain qu'elle garde à cœur de transmettre. On ne réduit le monde pas à soi, on y grandit à plusieurs.

Mais d'aucuns préfèrent remodeler ce monde à la mesure de leur ignorance. Le regard qu'ils portent sur lui est prisonnier de leur présent. Ils s'illusionnent de voir en direct le passé qu'ils jugent précipitamment à l'aune des seuls critères du bien et du mal. Renforcé par les distorsions anachroniques, le bien-fondé de la démarche ne fait plus aucun doute : censurer, effacer, substituer et séparer valent mieux qu'enrichir, nuancer, confronter et concilier. George Orwell nous a pourtant mis en garde : à procéder ainsi, l'Histoire tout entière deviendrait « un palimpseste gratté et réécrit aussi souvent que nécessaire » sans moyen de prouver la falsification une fois les changements effectués.

Rodolphe pénètre dans la salle afin de profiter lui aussi de l'ouverture du jour. Pour l'accueillir, Martin poursuit sa lecture à voix haute : « En somme, le conservatisme, pourvu qu'il soit éclairé, nous apprend à marcher dans le monde et non à marcher sur le monde. »

– On dirait du Franck Barral !

– C'en est, tu as vu juste ! C'est tiré d'un article qu'il a publié voici quelques années. J'avoue que ça me plaît bien. Ce qu'il écrit me paraît convaincant même si cela reste un objectif ambitieux qui n'est sans doute pas à la portée de tous.

– Oui… Peut-être, répond Rodolphe en s'asseyant, dubitatif. Mais j'avoue que ces envolées lyriques et ce type d'engagement idéologique me laissent plutôt de marbre. Le monde change continuellement, on ne peut pas s'arc-bouter contre ça. C'est rigide et mortifère.

– Comme tu y vas !

– Il suffit pourtant d'observer. En plus de s'être fait duper par une espionne chinoise, il n'a pas su nouer de complicité avec son propre fils et il a intégré un groupuscule de nationalistes radicaux. Ce n'est pas le modèle que j'ai envie de suivre, voilà tout.

– Oui, vu comme ça évidemment… Martin remet son portable dans la poche intérieure de sa veste tout en poursuivant la conversation : Mais on ne peut quand même pas le réduire à ça. Je crois que Barral vit sa pensée comme il pense sa vie, ce qui n'est déjà pas si mal, tu ne crois pas ? D'ailleurs, j'ai cru comprendre qu'il était un directeur très apprécié à la DGSE.

– Humainement, c'est vrai.

À ce moment de la discussion, les deux hommes sont rejoints par leurs collègues britanniques. Gerald a gardé le sourire de la veille et Ailsa apparaît tout aussi radieuse. Sénèque disait donc vrai : on a beau franchir la vaste mer, regarder le rivage et les villes reculer, toujours on s'emporte avec soi, pour le meilleur et pour le pire ! Sans doute fallait-il ce détour inattendu par les Hébrides pour se le rappeler, car ici le vent marin murmure à l'oreille les enseignements précieux du monde.

Après un petit déjeuner copieux fait d'œufs brouillés, de saucisses et de *tattie scones*, les quatre enquêteurs sortent du Pier Hotel, résolus à entraver les futures manigances du Seigneur-Fantôme. La matinée s'annonce clémente pour la saison, mais la brise souffle grand frais et le grain n'est jamais loin. Tandis qu'ils remontent la jetée, Rodolphe rappelle impatiemment la raison de leur présence sur Skye :

– Bon, si vous nous expliquiez maintenant ?

– Bien sûr ! s'empresse de répondre Gerald. La source dont vous a parlé Meredith a prévenu le MI-5 de la venue du Seigneur-Fantôme à Portree le 17 août de cette année pour voir un de ses contacts. Mais elle en ignorait les détails. Aussi le jour venu avons-nous été nombreux à quadriller discrètement la ville afin de débusquer d'éventuels agents du MSE ou de repérer tout élément susceptible de nous renseigner sur l'opération en cours. Nous désespérions de ne rien découvrir quand soudain un bateau pneumatique de type Zodiac est entré dans le port à 9 h 55 avec deux Asiatiques à son bord. Nous apprendrons plus tard qu'il s'agissait bien de ressortissants chinois.

– Un bateau pneumatique ? Mais d'où venaient ces gars ? demande Martin.

– Les navires au gabarit plus conséquent ne peuvent pas entrer dans le port, ils sont amarrés un peu plus loin, dans la partie nord du loch. Or ce canot appartenait précisément à un yacht de luxe au mouillage sur lequel je reviendrai tout à l'heure.

– OK, et où sont-ils allés après avoir débarqué ?

– Voilà le problème, ils n'ont pas débarqué.

Gerald marque une pause, comme pour approuver la surprise de ses interlocuteurs français, puis il reprend : « C'est ainsi qu'ils nous ont eus. Au moment où le bateau pneumatique accostait le quai, un drôle d'individu a surgi d'un taxi et les a rejoints. » À cet instant du récit, Gerald sort un ordinateur portable de sa sacoche. « Vous allez voir, tout a été discrètement filmé et photographié. » La vidéo montre un homme ventripotent, vêtu d'un survêtement gris et chaussé de baskets blanches. Une casquette rouge couvre sa longue chevelure blonde, de même qu'une barbe épaisse et de larges lunettes de soleil cachent son visage. L'individu avance en claudiquant, puis embarque avec peine dans le bateau pneumatique. « Ils étaient juste venus le chercher avant de repartir en direction du yacht pour reprendre la main et nous laisser sur la terre ferme. »

– Quoi, c'est tout ? s'étonne Rodolphe. Vous ne savez rien de plus sur ce type ?

– Rassurez-vous, le MI-5 a de la ressource, répond Ailsa en rigolant. Deux agents ont rapidement longé le circuit de Scorrybreac pour arriver à la hauteur du yacht depuis le rivage. On n'a qu'à y aller, poursuit-elle en montrant le chemin situé de l'autre côté du port.

Les quatre enquêteurs s'engagent sur le sentier « aux rochers mouchetés » qui coiffe les falaises sombres et pierreuses le long de la baie. En contrebas, les façades colorées bordant la jetée de Portree s'illuminent sous un rayon de soleil, tandis que le massif de Cuillin apparaît dans le lointain. Tout autour, le vent léger porte les cris saccadés des pygargues à queue blanche envolés depuis le Ben Tianavaig. Après avoir dépassé deux fermes d'élevage de saumons, Gerald, qui imposait jusqu'alors la cadence, s'arrête tout à coup et ressort son ordinateur portable. « Voici le fameux yacht, dit-il en montrant l'écran aux deux agents français. Ces clichés ont été pris depuis l'endroit où nous nous trouvons. »

Gerald fait alors défiler une série de photographies qui montrent l'arrivée des trois hommes et leur embarquement sur le navire amarré plus à l'est, un yacht de luxe d'environ trente-cinq mètres de long, battant pavillon monténégrin.

– Tenez, regardez les gros plans.

– Il n'y a pas de doute, c'est bien le Seigneur-Fantôme, commente Rodolphe. On reconnaît facilement sa cicatrice.

– Oui, et on le voit ici accueillir sur le pont le drôle de gars à la casquette rouge.

– Combien de temps ont-ils discuté ensemble ?

– Ils ont poursuivi leur conversation à l'intérieur pendant un peu moins d'une heure. Puis, les deux hommes du bateau pneumatique ont ramené l'individu à quai. Le taxi, qui l'attendait, est reparti sitôt qu'il s'est engouffré dedans.

– Vous avez enquêté sur le yacht, je suppose, demande Martin.

– Bien sûr, répond Ailsa, mais ça n'a rien donné. Ce navire de plaisance appartient à un milliardaire chinois bien connu dans le monde des télécommunications. Tous les papiers sont en règle et le suivi du bateau ne nous a rien appris.

– Comment l'avez-vous surveillé ?

– Dans le cadre de cette opération, reprend Gerald, nous coopérions avec la *Border Force*. Aussi avons-nous pu organiser un contrôle du navire en toute légitimité une heure plus tard. À cette occasion, nous avions infiltré un de nos agents dans l'équipe qui en a profité pour poser une balise.

– Le milliardaire figurait-il parmi les passagers ?

– Non, il avait prêté le yacht à son beau-frère qui, lui, était à bord avec son épouse et l'équipage.

– Sans oublier le Seigneur-Fantôme ! s'empresse d'affirmer Rodolphe.

– Justement… C'est là que ça se complique…

– Comment ça ?

– Eh bien lors du contrôle, le Seigneur-Fantôme n'était plus là et aucun membre de l'équipage n'y a fait allusion. Pourtant nous n'avons vu personne d'autre quitter le yacht, du moins en surface.

– Et vous ne les avez évidemment pas confrontés aux photos qui prouvaient sa présence à bord.

– Non, car la priorité était de protéger notre source à Londres en évitant d'éveiller leurs soupçons. Officiellement, la *Border Force* n'opérait là qu'un contrôle aléatoire dans le cadre de la lutte contre le trafic de drogue.

– Avez-vous une idée de l'endroit où il a pu se cacher ? questionne Martin.

– Nous ne pensons pas qu'il soit resté dans le yacht car l'inspection a été minutieuse et on l'aurait forcément trouvé. Pour l'heure, l'hypothèse la plus vraisemblable est celle de l'équipement de plongée ou du sous-marin de poche grâce auquel il aurait discrètement quitté le navire. Tout était déjà prêt. Il pouvait ensuite aller n'importe où. D'après nous, il aurait rejoint un autre bateau qui l'attendait ailleurs, peut-être plus au large ou près de Raasay.

– Que disent le renseignement électromagnétique et les images satellites ?

– Rien d'exploitable hélas… Mais il nous reste encore le Français à la casquette rouge !

17

La verdoyance des paysages commence à foncer légèrement sous le ciel assombri. Le vent hurlant rappelle au voyageur que l'hospitalité des Brumes n'est pas un dû. Pareille contrée se mérite, ô combien! Depuis sa forteresse des Ombres établie sur Skye, l'inflexible Scáthach sonde l'hôte de passage. Sera-t-il digne des fées? Car l'île s'offre aux âmes qui s'émeuvent de leur chant. La magicienne sait cela mieux que quiconque.

Le Range Rover emprunte l'A87 vers le sud avant de bifurquer à Sligachan en direction de l'ouest. Les enquêteurs roulent à destination de Carbost, à dix-sept miles de Portree, soit environ vingt-huit kilomètres. La pluie tombe dru, obligeant Ailsa à ralentir l'allure.

– Le temps change vite par ici, je n'ai pas pris de parapluie! plaisante Rodolphe.

– Un parapluie ne te servirait à rien. Dans les Hébrides, la pluie est horizontale!

– En tout cas, l'atmosphère est magique quel que soit le temps, s'émerveille Martin.

– Cela me rappelle d'ailleurs une plaisanterie écossaise.

– Aïe! Je suis sûr que ça va être à mes dépens, s'amuse Gerald.

– Après avoir créé l'Écosse, poursuit Ailsa avec un sourire espiègle, Dieu appela l'archange Gabriel pour la lui montrer. Regarde ! lui dit-il fièrement. C'est ce que j'ai fait de mieux à ce jour : de splendides montagnes et de magnifiques paysages, des hommes braves et des femmes belles. Je leur ai donné en plus une musique superbe et un breuvage extraordinaire que j'ai appelé *whisky*. Tiens, goûtes-en un peu ! Gabriel en but une gorgée. C'est excellent ! répondit-il. Mais à bien y réfléchir, je me demande si vous ne les avez pas trop gâtés en étant à ce point généreux. Ne faudrait-il pas leur reprendre quelque chose ? Oh ne t'inquiète pas, répondit Dieu, tu comprendras mieux quand tu verras leurs voisins !

– Ne compte pas sur moi pour me laisser humilier sans réagir ! plaisante Gerald, beau joueur. Chers amis français, savez-vous comment on recrute les policiers en Écosse ? Eh bien tout simplement en leur posant une seule question : Comment disperseriez-vous un attroupement de rue ? Sont pris ceux qui répondent « en organisant une quête » ! Voilà, vous savez à présent comment Ailsa est arrivée chez nous !

Quelques bons mots sont encore échangés avant que Rodolphe ne redevienne plus sérieux :

– Si je comprends bien, nous sommes à présent sur les traces de l'individu à la casquette rouge, n'est-ce pas ?

– Absolument, répond Gerald.

– Or, vous avez laissé entendre tout à l'heure qu'il s'agissait du Français dont nous avait parlé Meredith. J'imagine donc que l'avez identifié.

– Pas vraiment…

– Que voulez-vous dire ?

– Nous avons bien un nom et une adresse en France. Mais il s'agit d'une usurpation d'identité, répond

Gerald en riant de nouveau. Devant la mine sérieuse de Rodolphe et l'air interrogateur de Martin, il s'empresse de poursuivre : À dire vrai, l'homme claudiquant à la casquette rouge tient davantage du personnage créé de toutes pièces que d'une réelle individualité. Il répond au nom de Jacques Reynaud et habite à Saoû, dans votre beau département de la Drôme.

– OK, nous allons vérifier ça rapidement, répond Martin.

– Inutile, c'est déjà fait. Nous avons demandé au MI-6 d'aller voir sur place. Nos collègues ont effectivement trouvé un Jacques Reynaud dans le village de Saoû, mais c'est un vieux monsieur, plutôt mince, qui fut toute sa vie chaudronnier à Valence. Autant dire qu'il n'a rien à voir avec notre bonhomme ventru à la casquette rouge.

– Vous eussiez pu nous le demander…

– Que voulez-vous, les agents de la Couronne adorent se promener en France dès qu'ils en ont l'occasion. Et puis, c'est un peu le principe de notre profession, non ? D'autant que la coopération franco-britannique n'était pas au beau fixe, vous en conviendrez.

– J'en conviens, tout comme j'admets que c'est de bonne guerre. Mais revenons-en au faux Reynaud, voulez-vous ? Qu'avez-vous découvert sur lui ?

– Dès son départ de Portree, après son entrevue avec le Seigneur-Fantôme, nos équipes l'ont pris en filature grâce à un dispositif conséquent. Le taxi l'a conduit à Carbost où nous arrivons maintenant. Toujours en boîtant, il est entré tranquillement dans l'auberge que vous apercevez sur la droite. Nous allons d'ailleurs y déjeuner, je vous raconterai la suite à l'intérieur.

Le Range Rover se gare au niveau de l'établissement The Old Inn, situé en contrebas de la B8009 sur la rive du loch Harport. De la route, on en voit les toits gris et le haut des murs blancs dont on imagine qu'ils supportent le ciel alourdi. Un peu plus loin se trouvent la célèbre distillerie Talisker et à environ cinq miles à l'ouest, la baie éponyme célébrée par Sorley MacLean.

Les quatre agents sortent du véhicule sous une pluie battante et pénètrent avec hâte dans le restaurant bien achalandé. Celui-ci se divise en plusieurs salles de tailles différentes. À côté du bar une porte donne sur la terrasse bordant le loch par laquelle les clients de l'hôtel peuvent gagner les chambres voisines. À l'intérieur, les murs de pierre et l'âtre crépitant près du billard participent de l'atmosphère chaleureuse du lieu. Les enquêteurs s'installent autour d'une table libre après avoir visité chacune des salles. La commande de burgers et de *fish and chips* sitôt passée, Gerald s'en va chercher quatre pintes de *stout*, puis il poursuit son récit :

– L'individu à la casquette rouge est donc venu ici. Un de nos agents l'a suivi, tandis qu'un autre s'est placé dehors près de la terrasse pour surveiller la deuxième sortie. Quant à moi, je suis resté avec quelques autres à l'extérieur afin de filmer discrètement toutes les plaques d'immatriculation. Même si la saison touristique battait son plein et que les véhicules étaient beaucoup plus nombreux qu'aujourd'hui, notre homme ne pouvait pas nous échapper. Simplement, pour ne pas attirer son attention, le collègue qui le filait a attendu deux minutes avant de pénétrer à son tour dans l'auberge. Mais quand il est entré, la cible avait disparu. Évidemment, la disposition des lieux ne facilite guère ce genre de surveillance…

– Ce n'est sans doute pas un hasard, fait remarquer Rodolphe. Il avait dû faire ses repérages.

– J'aurais fait de même car la cuisine est excellente ! Mais plus sérieusement, notre agent était embarrassé et n'a pas pris le risque de se faire remarquer en contrôlant chaque salle. Il a d'abord vérifié par la messagerie cryptée de son smartphone qu'il ne s'était rien passé du côté de la terrasse, puis il a sollicité un renfort. Deux collègues, un homme et une femme jouant un couple, sont alors entrés et se sont installés dans une autre salle, mais sans plus de résultats.

– Il restait l'option des toilettes, dit Martin.

– C'est aussi ce qu'a pensé le premier agent. Il y est donc allé. Si vous remarquez bien, la porte se trouve à droite dans l'autre salle, hors de son champ de vision initial. Les toilettes à l'intérieur étaient occupées, ce qui, d'après lui, était bon signe. Une dame attendait son tour quand l'un des deux cabinets s'est rapidement libéré. Un homme svelte aux cheveux courts, habillé d'un blue-jean et d'un blouson de cuir avec des boots, est sorti d'un pas célère. L'autre cabinet, quant à lui, tardait à s'ouvrir. Nous pensions logiquement que l'homme à la casquette rouge était encore à l'intérieur et qu'il finirait par sortir tôt ou tard.

– Mais ce n'est pas ce qui s'est passé…

– Hélas non. L'attente se prolongea à tel point que notre premier collègue en informa l'un des serveurs, prétextant la nécessité de s'assurer que personne n'avait fait de malaise. Ils ont fini par ouvrir la porte après avoir appelé à plusieurs reprises et ont découvert que le second cabinet était vide. La porte avait été habilement fermée de l'extérieur avec un tournevis.

– Simple, mais efficace, constate Rodolphe, comme tout le reste en vérité. Sans forcément se savoir suivi, notre homme précautionneux avait prévu de réaliser sa rupture de filature ici. Il avait repéré les lieux et s'était donné une première apparence à la fois très voyante, la casquette rouge, et facile à changer, le survêtement. Une fois débarrassé de la perruque blonde, de la barbe, des lunettes, de la fausse bedaine et ne simulant plus de claudication, il lui était alors très facile de disparaître en passant ostensiblement devant l'agent qui surveillait la terrasse pendant que votre attention était attirée à l'intérieur de l'auberge.

Rodolphe réfléchit quelques secondes avant de poursuivre :

– Dites-moi, l'homme en blue-jean et aux cheveux courts que votre collègue a vu sortir des toilettes, portait-il un sac à dos ?

– Ce n'est pas précisé, répond Gerald en parcourant le rapport sur l'écran de son ordinateur.

– Il y a fort à parier que oui. Ce sac devait se trouver dans sa bedaine postiche avec ses autres affaires. Sitôt désilhouetté, il y aura caché tous ses accessoires, sa tenue, sa casquette et ses baskets.

– Je dois reconnaître que nous n'avons pas été bons ce jour-là, soupire l'agent britannique.

– Nous n'aurions sans doute pas été meilleurs. L'*arch-villain* a souvent un coup d'avance…

– Au fait, demande Martin, comment avez-vous obtenu sa fausse identité ?

– Il a suffi de répertorier toutes les réservations d'hôtels et de chambres d'hôtes alentours dans cette même période. Celle au nom de Jacques Reynaud a immédiatement attiré notre attention car aucun ressortissant français de ce nom avec le numéro de passeport correspondant n'avait franchi la frontière au cours des semaines précédentes. De même, aucun étranger résidant sur notre sol ne pouvait être relié à cette identité. Enfin, si la dame qui a loué tout près d'ici la chambre d'hôte à ce Reynaud vérifie systématiquement le passeport de ses clients, elle ne le scanne jamais. Nous n'avons donc pas pu vérifier la photo. Je doute là encore que ce soit une coïncidence.

– Avez-vous fouillé sa chambre ?

– Oui, sans résultat.

– Nous voilà donc revenus à la case départ…

– Pas sûr, reprend Rodolphe en ouvrant son carnet à une page vierge.

– Que veux-tu dire ?

Rodolphe ne répond pas. Il trace un organigramme succinct sur trois niveaux. Au centre de la première ligne, il écrit les initiales du Seigneur-Fantôme avant de répartir en dessous celles d'Helen Barral, de Pierre Galbet et de Jacques Reynaud. Il trace enfin tout en bas le F et le B de Franck Barral. Chaque couple de lettres est à présent encadré. Rodolphe relie ensuite *SF* à *HB*, *PG* et *JR*, puis *HB* et *PG* à *FB*. « Toutes ces personnes se connaissent, à l'exception de Barral et de Reynaud », dit-il à voix haute. Tandis que chacun l'écoute attentivement, il poursuit :

– Nous disposons tout de même de quelques éléments supplémentaires. Postulons d'abord que Reynaud est bel et bien français et que l'Écosse n'a pas été choisie au hasard. Constatons ensuite que cet individu maîtrise l'art du désilhouettage et de la filature. Notons enfin qu'il a conduit le MI-5 près d'une distillerie de whisky renommée où il aura pu se mêler discrètement aux visiteurs plutôt que de quitter les lieux précipitamment. Là encore, ce n'est probablement pas anodin.

– À quoi penses-tu exactement ?

– Pas à quoi, Martin, à qui. Tu ne vois vraiment pas où je veux en venir ?

L'enquêteur qui chemine prend l'aperception pour horizon et le raisonnement comme boussole. Mais l'intuition a beau crier, la raison n'accourt pas toujours. La fraîcheur du premier regard étonne avant que ne s'en vienne rassurer l'analyse. Ici, un possible dénominateur commun à tous ces éléments apparaît soudainement.

– … Quoi ? Reynaud serait Barral ? Voyons, tu n'es pas sérieux !

– Bien sûr, ce n'est encore qu'une supposition. Mais chacun de ces éléments lui correspond bien. N'oublions pas que Barral fut lui-même officier opérations à la DGSE bien avant d'en devenir le directeur. Il est donc parfaitement rompu au savoir-faire des agents de renseignement sur le terrain. C'est pourquoi cette piste n'est pas à écarter. Gerald, pourriez-vous retrouver les dates des derniers séjours de Barral en Écosse et, si possible, ses déplacements sur place ?

– Je m'en occupe immédiatement, j'appelle Londres !

18

– Barral était bel et bien en Écosse le 17 août ! s'exclame Gerald. Il est arrivé par avion à Édimbourg le 15, puis est rentré en France le 19.

– Sait-on s'il est venu sur Skye ? demande Rodolphe.

– A priori ce n'est pas le cas. Il a loué un véhicule à la sortie de l'aéroport en payant par carte bancaire. Selon l'agence de location contactée par mes collègues, les données GPS n'ont rien donné de probant, mais le milage peut nous renseigner. Barral a en effet parcouru un total de cent douze miles. Or, Portree se situe à deux cent trente-sept miles d'Édimbourg. Il n'a donc pas pu y aller avec la voiture louée, sans compter que l'immatriculation ne figure pas dans notre liste des véhicules qui stationnaient à Carbost.

– Ah dommage ! Voilà qui fait un solide alibi... Avons-nous autre chose ?

Pendant que Rodolphe se replonge dans son organigramme, Ailsa et Martin relisent leurs notes respectives. Gerald, lui, continue de parcourir le rapport sur l'écran de son ordinateur. Au bout de quelques minutes, il fait remarquer la chose suivante :

– Je ne sais pas si cela vous intéresse, mais puisque nous en avons parlé hier, figurez-vous qu'une des plaques d'immatriculation que nous avons enregistrées est celle d'une moto qui appartient à Robert McNeil, un membre influent de l'UBSC, sur qui nous avons déjà une fiche bien remplie. Nul doute que les deux hommes se connaissent.

Martin lève aussitôt les yeux. La réserve cède à l'étonnement, puis à l'acquiescement silencieux. Il regarde Rodolphe qui lui sourit, satisfait que le réel consente ainsi à son hypothèse.

– Tiens donc, voici que l'UBSC pointe le bout de son nez ! Ça commence à faire beaucoup de signaux faibles, pas vrai ? Sait-on où habite ce McNeil ?

– À Perth, répond Gerald en effectuant une recherche sur Internet. Et Perth se trouve à... seulement quarante-trois miles d'Édimbourg, soit moins de cent douze, aller-retour !

– Se peut-il que Barral soit allé chez McNeil et que ce dernier lui ait prêté sa moto pour poursuivre son voyage vers Skye ?

– Oui, c'est tout à fait envisageable. Rob McNeil est un passionné de grosses cylindrées, il en possède plusieurs et les loue parfois aux clients de son agence de tourisme de luxe, Soul of Mists.

– D'accord, je reconnais que cette hypothèse est séduisante sur la forme, commente Martin. Procéder de la sorte permettait à Barral de démarquer davantage son personnage à la casquette rouge. C'est simple et efficace. Mais prenons garde au biais de confirmation sur le fond, car enfin tout ça n'a pas de sens ! Comment Barral connaîtrait-il le Seigneur-Fantôme et pourquoi diable l'aurait-il rencontré dans le plus grand secret quelques mois avant la disparition d'Helen ?

– Justement, dans le plus grand secret ; voilà bien ce qui m'inquiète, répond Rodolphe. Et si tout ça est vrai, alors Barral nous ment depuis le début !

– Helen et Franck travailleraient tous deux pour le MSE ? C'est insensé !

– Il ne faut rien écarter. Depuis le premier jour, nous allons de surprise en surprise. Pourrions-nous rencontrer McNeil pour tenter d'y voir plus clair ? demande Rodolphe.

– Si l'on part maintenant, on peut arriver à Perth avant 19 heures, répond Ailsa dont le ton ferme trahit de la détermination, sinon une pointe d'excitation.

Les enquêteurs arrivent à destination quatre heures plus tard. La pluie a accompagné le soleil dans sa course crépusculaire à mesure que le Range Rover filait vers le sud. Il ne pleut quasiment plus maintenant que la nuit tombe. Ancienne capitale à l'architecture élégante située sur les berges de la Tay, la « jolie ville », ainsi décrite par Walter Scott, est devenue une cité dynamique dont l'essor économique est à la hauteur de son patrimoine historique. Autant dire que Perth constitue un lieu plein de promesses pour une agence telle que Soul of Mists.

Une enseigne foncée indique la présence de ses locaux au rez-de-chaussée d'une bâtisse géorgienne, non loin de la galerie Fergusson. L'intérieur est sobrement éclairé. On y distingue une silhouette assise à un bureau. « C'est lui, c'est McNeil ! », confirme Gerald. « En tant qu'agent du MI-5, il me faut rester discret ; je vous attendrai ici. De toute façon, vous n'aurez pas besoin de moi, je vous ai précisé en route tout ce que nous savions à son sujet. Ailsa est policière, elle peut vous accompagner sans problème.» Une fois la voiture garée, les trois agents se dirigent vers l'entrée de l'agence qui n'est plus ouverte à cette heure. Ailsa frappe à la porte avec insistance. L'homme se lève et vient ouvrir. Sa silhouette est imposante.

– Excusez-nous, il est bientôt 19 heures, nous sommes fermés. En quoi puis-je vous aider?

– Monsieur McNeil? Pardon de vous déranger, je sais qu'il se fait tard. Mais je suis de la police, branche spéciale du contre-espionnage, et ces messieurs sont des homologues français. Nous souhaiterions vivement discuter avec vous. Voici ma plaque.

Ailsa prononce ensuite une phrase en gaélique que ni Martin ni Rodolphe ne comprennent, mais qui semble vouloir dire quelque chose comme: «Nous autres Écossais devons aider nos amis français, n'est-ce pas?» McNeil acquiesce d'un sourire: «Entrez, je vous en prie, asseyez-vous. Ce n'est pas tous les jours que le contre-espionnage frappe à ma porte, c'est intrigant. Et puis cela me changera de toute cette paperasse assommante! Alors, que puis-je pour vous?»

– La question pourra vous sembler étrange de but en blanc, mais elle est importante. Une de vos motos, dont voici l'immatriculation, a été aperçue à Carbost sur l'île de Skye le 17 août dernier. Nous voudrions simplement savoir s'il s'agissait de vous ou d'un client de votre agence.

– Les deux sont possibles, répond McNeil de sa voix rauque après avoir lu le papier tendu par Ailsa. J'y vais souvent et c'est une moto que je loue parfois. Il faudrait que je regarde.

Puis il se tait sans lâcher des yeux son interlocutrice. À cet instant, les visiteurs perçoivent dans la pièce d'à côté, par une porte entrouverte, une présence qui se veut pourtant discrète. Ils se regardent sans mot dire. Ailsa se tourne de nouveau vers McNeil.

– Pourriez-vous vérifier, s'il vous plaît ?

– Peut-être un autre jour. Là, j'ai beaucoup de travail. McNeil paraît soudainement se crisper.

– Robert, dit alors Rodolphe sur un ton ferme. Puisque vous êtes occupé, nous allons tâcher de gagner du temps. Avez-vous prêté ou loué votre moto à Franck Barral ce jour-là ?

– Franck Barral, dites-vous ? Non, ça ne m'évoque rien, répond-il avec un sourire dédaigneux.

Toujours depuis la pièce voisine, une brève interjection se fait entendre. Il semble qu'un « tss » d'agacement ait échappé à ce mystérieux écouteur-aux-portes. Rodolphe se lève de son fauteuil et s'approche du meuble à tablettes étagées qui recouvre le mur du fond. Quelques secondes de silence suffisent à épaissir l'atmosphère.

– Nous savons que Franck Barral et vous-même fréquentez l'UBSC, ce qui doit créer des liens. Et si j'en juge par cette très rare bouteille de whisky Les Eaux noires, exposée ici sur votre étagère, je dirais que vous partagez les mêmes goûts. Alors, cessez de nous prendre pour de doux naïfs.

– Je connais la loi. Rien ne m'oblige à vous parler ici et maintenant !

– Vous avez raison, monsieur McNeil, répond à son tour Martin. Mais comprenez bien que nous n'avons rien contre vous. Vous pouvez simplement nous aider à dénouer une situation délicate dans laquelle se trouve précisément Franck Barral.

– Je n'ai rien de plus à vous dire !

– Robert, reprend posément Rodolphe. Notre collègue policière ne vous a pas tout exposé. Mon camarade et moi appartenons aux services de renseignement français. Et nous avons parcouru tout ce chemin parce que nous enquêtons sur une affaire d'espionnage qui touche plusieurs pays, dont le vôtre, et qui dépasse de loin la cause que vous défendez. En protégeant Barral, vous risquez d'être accusé d'intelligence avec une puissance étrangère…

– Ainsi que votre fils, tranche Ailsa.

– Mon fils ? Qu'a-t-il à voir avec ça ?

– Nous savons qu'il marche dans vos pas et qu'il a rejoint une cellule active de l'UBSC qui prévoit des actions contre le gouvernement de Sa Majesté, ce que nous ne pourrons évidemment pas tolérer. Mais si votre organisation se trouve en plus impliquée de près ou de loin dans une opération dirigée par un autre État, les conséquences pour vous et pour lui seront pires encore !

– Ça suffit ! crie une femme qui surgit tout à coup de la pièce voisine. Dis-leur, Rob ! Dis-leur ou c'est moi qui le fais ! Tu m'avais promis ! Oublie tes chimères et sauve ton fils !

La femme s'effondre sur ses genoux en pleurant à pleins yeux. Une fois la sidération passée, Ailsa l'aide à se relever et à s'asseoir sur une chaise. McNeil reste silencieux, le regard perdu dans le vide. Puis il se lève à son tour, s'approche de son épouse et lui prend délicatement la main. Il sort de son mutisme sans parvenir à cacher son émotion :

– Ma femme est gravement malade. Elle m'a fait promettre d'arrêter mon action au sein de l'UBSC. Elle essayait de m'en éloigner depuis longtemps déjà, persuadée que c'était une folie et qu'on ne pouvait pas aller contre la marche du monde… Je crains aujourd'hui qu'elle n'ait raison…

– Mais Robert, s'exclame Ailsa, il n'y a plus lieu de combattre. Le nationalisme n'a jamais été aussi près de la victoire.

– Non ! Votre nationalisme triomphe, mais c'est un nationalisme utilitaire et progressiste ! Notre indépendantisme, lui, est existentiel et protecteur. Il est d'un autre esprit ! Mais tout cela n'a plus d'importance, je dois maintenant m'occuper de ma famille… Alors pour vous répondre, oui, j'ai bien prêté ma moto à Barral ce jour-là, comme il me l'avait demandé.

– Savez-vous ce qu'il allait faire sur Skye ?

– Bien sûr, c'était une initiative unanimement approuvée par l'UBSC. Barral s'était proposé de nous faire profiter de ses bonnes relations avec les services secrets chinois pour qu'ils nous aident à constituer des unités de cyberguerre et de lutte informationnelle.

– En échange de quoi ?

– D'une relation privilégiée sitôt l'indépendance obtenue et, d'ici là, de quelques opportunités d'infiltration au sein de secteurs stratégiques du Royaume-Uni. Un cheval de Troie en somme. Barral nous a également dit que les Chinois lui étaient encore redevables de certaines choses.

– Probablement de quelques informations données quand il était directeur de la DGSE, peste Martin en regardant Rodolphe, tandis que McNeil baisse les yeux.

– Robert, reprend Ailsa, puisque nous en sommes aux confidences… Si nous vous aidons à sortir votre fils de ce mauvais pas, pouvez-vous nous en dire un peu plus sur votre Secret Club ?

– Sur son organisation oui, mais rien sur ses membres.

– C'est entendu. Nous vous écoutons.

– *Uisge Beatha* signifie « eau de vie » en gaélique, commence McNeil après une profonde respiration. C'est l'*aqua vitae*. *Uisge* donnera « whisky ». Le Secret Club, quant à lui, s'articule autour de deux rangs hiérarchiques. Il y a au sommet le conseil des maîtres, auquel Barral et moi appartenons. Comme beaucoup d'autres, nous descendons des familles de Highlanders expulsées de leurs terres au XVIIIe siècle durant les Highland Clearances. Nos attributs sont la bouteille d'Uisgeachan Dubha et une épée spécialement forgée à l'occasion de notre intronisation. La mienne est exposée sur le mur derrière vous. La première symbolise la paix et la transmission de notre culture, la seconde, notre capacité à combattre pour préserver notre identité. Nous sommes en tout dix-neuf chefs, conformément au nombre de sceaux figurant encore sur la déclaration d'Arbroath.

– Qu'est-ce donc ? demande Rodolphe.

– La déclaration d'indépendance rédigée en latin et signée le 6 avril 1320, précise Ailsa.

McNeil poursuit : « Chacun de nous est responsable de six apprentis, ce qui correspond à la somme des quatre chiffres de l'année de la déclaration. L'UBSC compte ainsi au total cent trente-trois membres. Ce sont les apprentis qui sont ensuite chargés de constituer des unités opérationnelles à travers tout le pays. Plus d'un millier d'hommes sont aujourd'hui rassemblés. »

Tandis que maître McNeil lève des secrets jusqu'alors gardés, nul n'a remarqué au dos des Eaux noires cet extrait de la déclaration : *Non enim propter gloriam diuicias aut honores pugnamus set propter libertatem solummodo quam Nemo bonus nisi simul cum vita amittit.* « Nous ne combattons pas pour la gloire, ni pour la richesse ou les honneurs, mais seulement pour la liberté, qu'aucun homme de bien n'abandonne sans se sacrifier. »

19

Paris, deux jours plus tard. Le bref voyage sur l'île de Skye a ébranlé Martin. Sans doute a-t-il entendu les fées lui chanter cette unité du monde qu'il ne soupçonnait pas. Parmi les brumes épaisses et l'herbe lumineuse, les rochers dansants et l'eau souveraine, l'immortalité terrestre lui est apparue fugitivement. Mais à son retour, les clameurs ont remplacé le chant. Il se voit maintenant enjamber les débris d'une société disloquée, plus lourde et plus encombrante que la substance du vaste univers. Le bonheur silencieux des pierres a disparu derrière la frénésie des réseaux sociaux. Il sait que la comparaison est naïve, mais elle s'impose à lui avec gravité. Cette crise existentielle, il n'en parle à personne, pas même à ses proches. Il faut dire que le visage radieux d'Ailsa ne l'a pas encore quitté. Martin sait que cet éveil est passager, que la citadelle intérieure finira, comme elle l'a toujours fait, par se rouvrir aux quatre vents. Simplement, les vents ici ne chantent pas, ils assourdissent.

Rodolphe, quant à lui, est redevenu Hector. Avant de rejoindre Martin à la Centrale, il passe à la « tour de la Montagne d'or » chercher à manger. Comme à son habitude, il s'engouffre dans la pièce à droite au fond du couloir, puis récupère sa commande quelques minutes plus tard. Aujourd'hui, celle-ci est d'un exotisme ordinaire : rouleaux de printemps, gâteaux de soja et jus de coco. La praticité l'a emporté car il partagera cet en-cas avec son collègue avant une réunion décisive, dont l'ordre du jour n'est rien de moins que le sort de Barral.

Il est midi quand Hector pénètre dans le centre de crise où l'attend déjà Martin. La réunion débutera dans une heure. Il leur faut à présent faire le point avant de présenter leurs conclusions aux autorités. Une fois le travail de préparation achevé, les deux hommes se laissent aller à quelques échanges plus personnels :

– Je tenais à te présenter mes excuses, dit Martin. Sur Skye, ton hypothèse concernant l'implication de Barral m'a d'abord paru folle et puis j'ai dû me rendre à l'évidence, tu avais raison. Ça m'a sincèrement impressionné, comment as-tu deviné ?

– À dire vrai, je n'en sais trop rien. C'est plutôt une intuition qui s'est imposée à moi. Depuis le début de cette histoire, quelque chose me gêne sans que je sache le définir, ni même l'identifier.

– J'avoue être plutôt embarrassé depuis cette découverte. Je ne comprends pas Barral. Comment un individu digne et sensible à ce qui façonne les grands hommes a-t-il pu ainsi se compromettre ? C'est difficile à accepter…

– Le concernant, je peine à croire que ce soit pour de l'argent. Il y a autre chose.

– Toutefois, à bien y réfléchir, si Londres a de bonnes raisons de lui en vouloir et de le considérer comme un ennemi de la Couronne, Barral, lui, est resté fidèle à ce qu'il a toujours défendu. En cela, est-ce vraiment de la compromission ?

– Admettons pour l'Écosse. Mais pour la France ? La position me paraît moins tenable car s'il est devenu, comme je le crois, une source du MSE par l'intermédiaire d'Helen, alors il y a eu transgression et donc trahison.

On frappe à la porte. C'est l'heure. Pierre-Henri de Genet entre dans la salle en compagnie de son directeur de cabinet, mais aussi de son homologue de la DGSI, d'une procureure adjointe du tribunal judiciaire de Paris et d'une représentante du Premier ministre. La réunion de telles personnalités un samedi après-midi à la Centrale s'explique par l'urgence de clore la procédure Égide, mais aussi par la gravité de l'affaire. Ce n'est certes pas la première fois qu'on trahit à la DGSE, les dernières défections ont d'ailleurs été judiciarisées, mais que le possible transfuge soit le directeur général lui-même, voilà qui reste inédit à ce jour. Radomir et Tristan sont également présents. Genet considère en effet que leur proximité avec Barral peut apporter un éclairage complémentaire. Chacun s'assied avec gravité autour de la table ovale. Après une brève présentation du directeur général, c'est au tour d'Hector de prendre la parole. Il use des quelques formules de politesse requises en pareilles circonstances, puis entre dans le vif du sujet :

– Vous trouverez tous les détails de l'enquête dans notre rapport. Aussi me contenterai-je ici d'en esquisser les grandes lignes. Notre mission consistait initialement à résoudre le mystère de la disparition d'Helen Barral après que celle-ci eut quitté son appartement en compagnie de deux individus. Nous découvrirons par la suite qu'il s'agissait vraisemblablement d'agents opérationnels du ministère chinois de la Sécurité d'État. Au commencement de l'enquête, nous explorions plusieurs pistes, dont celle de l'enlèvement. Mais l'hypothèse de l'appartenance d'Helen Barral au MSE s'est rapidement imposée. Plusieurs éléments nous ont mis la puce à l'oreille. Il y eut d'abord sa relation proche, depuis l'université, avec un Hongkongais que les Allemands ont identifié comme étant un espion. Ensuite, lorsque son mari était en poste à Sarajevo, Helen Barral a eu une relation avec l'ASI de l'ambassade, le commissaire Pierre Galbet aujourd'hui disparu, dont nous savons qu'il était un défecteur en place au service de Pékin. Ces différents éléments ont été recoupés par la CIA. Peut-être Helen est-elle même à l'origine de son retournement, mais nous ne disposons pas de preuves en ce sens. Enfin, le MI-5 nous a confirmé, grâce à une source infiltrée au cœur du dispositif chinois à Londres, qu'elle était bel et bien un agent du MSE. Nous considérons donc à ce jour qu'Helen Barral est une espionne dont la mission consistait à approcher notre ancien directeur général lors de ses études de troisième cycle à Oxford. Le MSE avait dû procéder à son environnement et considéré qu'il était une cible de choix, ce en quoi il avait entièrement raison. Pour rappel, Franck Barral travaillait déjà comme officier traitant à la DGSE avant de faire sa thèse à Oxford. Le piège s'est alors refermé sur lui tout naturellement.

– Mais au-delà des éléments fournis par les partenaires, demande le directeur de la DGSI, avons-nous des éléments en propre sur les agissements en France de Mme Barral ?

– En quelque sorte oui, répond cette fois Martin, car en plus d'espionner son propre mari à la tête du Service spécial de la France, il semble qu'Helen Barral, de par sa profession, facilitait aux Chinois l'accès vers le cœur de l'administration européenne et ses futurs fonctionnaires.

– Si je comprends bien, la culpabilité d'Helen Barral est à présent établie, mais nous ne pouvons rien de plus car nous la pensons rentrée dans sa mère patrie, n'est-ce pas ? Alors, il ne nous reste plus qu'à désactiver Égide.

– Ce n'est pas si simple, répond Genet, car l'affaire ne s'arrête pas là. Hector, veuillez poursuivre.

– Oui monsieur, j'y viens. Les informations apportées par le contre-espionnage britannique nous ont conduits jusqu'en Écosse. Nous avons découvert sur place qu'Helen Barral et son mari étaient tous deux gérés par un même responsable des opérations, familier des théâtres européens. Ce dernier se fait surnommer le Seigneur-Fantôme ou bien la Tortue. Sans doute Helen a-t-elle recruté son mari avant d'en confier le traitement à cet officier du MSE.

– Êtes-vous en train de dire que les deux époux sont des espions à la solde de la Chine ? demande le directeur de la DGSI, stupéfait.

– Ce que nous pouvons affirmer, répond à son tour Martin, c'est que Franck Barral est coupable d'intelligence avec la RPC contre le gouvernement britannique.

– Mais bon Dieu, pour quelle raison ?

– L'indépendance écossaise, monsieur. Mais s'agissant de la France, nous ne savons pas encore si Barral a réellement trahi…

– Il y a tout de même deux choses, reprend Hector. D'une part, nous savons que Barral a menti à l'institution afin de protéger Galbet et de faciliter son échappée vers l'Asie. D'autre part, il paraît vraisemblable que

Barral a convaincu le MSE de former des indépendantistes radicaux écossais à la cyberguerre, puisque c'était ça l'enjeu, en échange d'informations secrètes provenant de la DGSE. C'est un point crucial qu'il nous faut éclaircir.

– Quoi qu'il en soit, il y avait bien une pomme pourrie tout en haut de votre « Cirque », laisse échapper le directeur de la DGSI, satisfait de son allusion à John le Carré.

Mais personne ne la relève. L'atmosphère est pesante. Genet reprend la parole :

– Ce n'est pas tout. J'ai mené de mon côté une enquête interne pendant que vous étiez en Grande-Bretagne. À partir des informations fournies par la cheffe d'antenne de la CIA, j'ai découvert que Barral avait effectivement étouffé la demande de coopération des Bosniens pour débusquer le second Français retourné par le MSE. On comprend aisément pourquoi. L'OSA disposait d'un accès humain pour pénétrer un serveur d'une entreprise d'État chinoise présente en Bosnie dans le cadre des nouvelles routes de la Soie. Cette société était suspectée de fournir des couvertures aux agents opérationnels du MSE. L'agence bosnienne voulait diversifier ses partenariats et profiter du savoir-faire français en matière de lutte informatique active. L'opération a donc été montée conjointement ; les Bosniens assuraient l'accès et nous concevions le code d'intrusion. Le renseignement recueilli devait ainsi profiter aux deux agences. À cette époque, Barral était ambassadeur et n'avait pas à en connaître. Mais l'OSA s'est rendu compte quelques années plus tard que les arroseurs se faisaient eux-mêmes arroser, ou plutôt intoxiquer. L'opération avait donc été compromise. Pour les Bosniens, cela ne fait aucun doute, la fuite vient forcément du côté français. Seulement voilà, elle semble avoir eu lieu après que Barral fut nommé directeur général et eut pris connaissance des opérations en cours, dont celle-ci.

– Mais une fois Barral à la retraite, l'affaire aurait refait surface tôt ou tard.

– Absolument. C'est pourquoi je n'exclus pas qu'il projette de disparaître à son tour.

– Enfin, ce n'est pas possible ! déplore soudain Tristan, la tête entre les mains. Franck est un homme de lettres qui a fait ses humanités et il s'est toujours montré digne des valeurs qui portent notre engagement. Je ne peux pas croire à sa défection...

– Vous croyez le connaître tout comme vous avez cru connaître sa femme, rétorque froidement le directeur de la DGSI.

– Mon général, répond à son tour Radomir avec douceur, il me revient le souvenir d'une célèbre anecdote. En avril 1944, après avoir été enlevé par la résistance crétoise et le *Special Operations Executive* en présence de Patrick Leigh Fermor, le général de division allemand Henrich Kreipe récita en latin l'ode *À Thaliarque* d'Horace : « Tu vois comme le Soracte se dresse, blanc d'une neige épaisse... » Fermor déclama à son tour la suite du texte : « ... comme les forêts fatiguées ne soutiennent plus leur fardeau, comme les fleuves se sont arrêtés sous l'âpre gel... » L'officier britannique dira par la suite : « Nous avions tous deux bu à la même fontaine. » Cette fontaine a ainsi désaltéré deux voyageurs qui suivaient pourtant des itinéraires opposés. Franck, lui, s'est égaré en chemin, voilà tout. J'en suis moi aussi très affligé…

Tristan le regarde avec une émotion contenue. Un lourd silence s'abat dans la pièce. Ici, chacun sait que la trahison sans les fers de la torture est une chute dont on ne se relève jamais. Elle est le tabou des frères d'armes, la profanation ultime. Pour le dire simplement, la malédiction des traîtres à la Résistance pèse encore sur le Service, tout comme le spectre des sacrifiés a hanté le sommeil de ses héros. Si les félons d'aujourd'hui ne font plus nécessairement couler le sang, ils sont de ces hommes qui ne s'empêchent pas. Ils sont de ces hommes qui n'ont plus d'adresse pour habiter le monde et se perdent dans les confins arides du nihilisme.

Impassible durant toute la réunion, la représentante du Premier ministre n'a cessé de communiquer via la messagerie de son téléphone. « Matignon recommande de ne plus tergiverser », indique-t-elle simplement d'un ton sec.

– Il y a là de quoi mettre Barral en examen pour atteinte aux intérêts fondamentaux de la nation et intelligence avec une puissance étrangère, déclare la procureure. Où se trouve-t-il à présent ?

– Dans sa maison de campagne en Sologne, répond Radomir.

– Avec votre accord, Pierre-Henri, reprend le directeur de la DGSI, je suggère qu'Hector et Martin aillent le chercher aujourd'hui même. Je leur fournis un appui opérationnel.

Il marque une pause, puis s'adresse aux deux enquêteurs : « Avant que ne débutent les audiences officielles, tâchez de voir ce que vous pouvez obtenir officieusement. L'époque a beau invoquer la transparence, le linge sale se lave encore en famille. »

20

Trois heures plus tard, Hector et Martin arrivent près de Romorantin-Lanthenay, sur les rives de la Sauldre. Ils sont suivis par deux véhicules à bord desquels se trouvent quatre policiers en civil et armés. Les voitures se garent dans l'allée de la propriété. C'est une grande demeure bourgeoise entourée d'un mur et d'un parc arboré de plusieurs hectares. Balayées par un vent léger, les feuilles aux couleurs d'ocre dansent sur le sol. Depuis la cime des arbres, leur chute délicate paraît accompagner le départ prudent de l'automne. Des volets de bois soulignent les traits de la façade, élégamment maquillée d'une vigne vierge. Âgée mais fière, cette propriété est la maison de famille des Barral. Le bois patiné des huisseries et l'herbe haute racontent le lieu, les gambades de l'enfance et les parties de cache-cache. Elle a ce charme qui vient de loin, à la fois léger et intimidant, dans lequel le temps se matérialise. On vient là s'isoler des clameurs du monde. Aussi Martin éprouve-t-il une gêne à porter en ce refuge le trouble du dehors.

Hector, lui, est moins sensible à ces résonances. Sitôt sur le seuil de la maison, il s'annonce en faisant retentir une petite cloche fixée au mur. La porte s'ouvre. Barral peine à cacher sa surprise devant la présence des policiers. Il comprend aussitôt que ses visiteurs ont retenu une autre version des évènements que la sienne. Sont-ils venus l'arrêter ?

– Bonjour Franck. Il faut qu'on parle, dit simplement Hector.

– Bien sûr, répond Barral. Entrez. Montons dans mon bureau, car je reçois en ce moment des amis amateurs de whisky venus d'Écosse.

Il s'engage dans le grand escalier de bois depuis le vestibule. La double porte, qui donne sur le salon, est entrouverte et l'on aperçoit en effet des visiteurs confortablement installés près de la cheminée. Deux des policiers restent à l'extérieur, un autre au rez-de-chaussée. Tandis que le quatrième s'apprête à les suivre, Hector lui fait signe de rester en bas. Il s'agit avant tout de mettre Barral en confiance pour discuter au plus près des faits. En grimpant l'escalier, Martin aperçoit à l'étage le véritable maître des lieux. Le chat dédaigne la comédie humaine. Il marche à pas feutrés loin du labyrinthe invisible où s'égarent les intrépides. D'ailleurs, Orwell lui-même, dans *La Ferme des animaux*, se montre embarrassé à l'endroit du félin, ne sachant quel rôle lui confier sinon celui d'une âme passagère et détachée.

Les trois hommes pénètrent dans le bureau. La pièce dégage une impression de solitude inquiète, soucieuse d'échapper aux incertitudes à venir. On comprend ici combien Franck Barral s'éloigne de lui-même quand il s'aventure sur les pavés de la cité. Dans ce sanctuaire, il se cache au monde et fréquente les sages du passé. Les quatre murs ont disparu derrière des bibliothèques emplies d'ouvrages reliés de cuir. Parmi les nuances de porphyre, de jaspe et de marron apparaît çà et là pudiquement quelque souvenir de voyage, quelque objet de décoration. Sur un côté, une épée semblable à celle de McNeil repose discrètement sur un socle en chêne, posé à proximité d'une méridienne pourpre. Au pied du grand bureau de bois est encadrée une affiche dédicacée du film de Jean-Pierre Melville, *L'Armée des ombres*, adapté du récit de Joseph Kessel. Une mention manuscrite accompagne plusieurs signatures en écho à la préface du livre : *Nous voulions tant dire et nous avons dit si peu.*

Barral s'installe derrière son bureau, Hector et Martin prennent place en face de lui.

– Nous savons tout, Franck. Enfin, presque tout, dit Hector posément.

– C'est-à-dire ? Je ne suis pas sûr de comprendre.

– Helen, vous, le Seigneur-Fantôme, les renseignements de la DGSE que vous avez fournis au MSE contre des formations à la cyberguerre au profit de l'UBSC, et d'autres choses encore.

– Je ne vois pas de quoi vous parlez, répond Barral impassible.

– Vous voulez nous tester ? OK. Nous savons que vous avez rencontré le Seigneur-Fantôme sur un yacht à Portree le 17 août après avoir emprunté une moto à Robert McNeil. Votre désilhouettage était plutôt réussi, ainsi que votre rupture de filature à Carbost. Quant à la casquette rouge pour attirer l'attention et la fausse bedaine pour transporter vos affaires, le MI-5 n'y a vu que du feu !

– Vous oubliez les chaussures, répond froidement Barral. Les chaussures sont importantes. Rares sont les agents qui prennent la peine de les changer alors qu'elles suffisent à vous trahir.

– C'est vrai, vous aviez retiré vos baskets blanches. Mon récit vous paraît-il suffisamment explicite pour que vous nous preniez au sérieux ou dois-je évoquer d'autres choses comme, par exemple, la compromission d'une entreprise d'État chinoise en Bosnie ?

– Je dois dire que je ne m'y attendais pas... Vous avez gagné toute mon attention.

– Parfait. Alors parlons un peu d'Helen. C'est elle qui vous a poussé vers l'irrémédiable ?

– Vous avez aussi découvert ça. Impressionnant... Mais savez-vous pourquoi je l'ai fait tuer ?

La stupéfaction s'empare des deux enquêteurs. Hector se ressaisit aussitôt :

– Franck... Quand je parlais de l'irrémédiable, je faisais allusion à votre défection, pas à son assassinat... Assassinat que nous ne soupçonnions même pas, pour tout vous dire...

Barral comprend soudain son erreur d'interprétation. Il a le visage livide et l'air hagard. Les secondes durent mille ans. Saisissant de nouveau l'irréversible, il laisse échapper un gémissement étouffé, puis ferme les yeux. De ses mains, il cache son visage, appuie ses coudes sur le bureau.

– Helen n'était pas un agent du MSE ? demande Martin après un court silence.

– Bien sûr que non... Mais mon plan consistait à vous convaincre qu'elle l'était tout en criant son innocence en gage de ma bonne foi... Sur ses idéaux professionnels, en revanche, je vous ai dit vrai.

– Mais pour quelle raison ? Et pourquoi la tuer ?

Barral ne répond pas. Il s'adosse au fauteuil, le regard dans le vide. Hector insiste :

– Franck, vous devez tout nous expliquer. Il faut qu'on sauve ce qui reste à sauver.

– Il ne reste plus grand-chose, je le crains… Et surtout pas mon âme.

Barral hésite, puis se résout à tout avouer. En évacuant les remords qui l'encombrent, peut-être pourra-t-il revenir en lui-même, à défaut de se réconcilier avec l'existence. On conquiert un peu de liberté en aménageant sa propre intériorité. Mais la sienne est pleine de souffrance. La confession arrive donc à point nommé pour retrouver un peu d'espace intérieur.

– Tout a commencé à Sarajevo. Le soir où j'ai discuté avec Galbet, celui-ci m'a convaincu de collaborer avec les Chinois. Ils ont de grandes capacités, me disait-il, et peuvent rendre beaucoup de services. J'ai alors immédiatement pensé à venger mon frère. Et puis, sans qu'il s'en doute, je décidai quasiment aussitôt de fournir des renseignements au MSE en échange de sa disparition. Je ne pouvais pas lui pardonner son aventure avec Helen. Je me disais que cela serait d'autant plus simple à négocier qu'il ne leur était plus d'aucune utilité. Alors, peu après avoir été exfiltré vers la Thaïlande comme il le souhaitait, Galbet a été noyé dans les eaux du Mékong.

– Je devine que vous ne nous avez pas tout raconté au sujet de votre frère.

– Mon frère a été témoin en opex de meurtres et de viols perpétrés par deux militaires de sa section sur la population locale. Lorsqu'il en a référé à sa hiérarchie, celle-ci a étouffé l'affaire et l'a menacé de graves représailles s'il poursuivait dans cette voie. Il a malgré tout tenté de les dénoncer et a été tué pour cela. Dans la lettre qu'il m'a écrite figurent les noms des deux militaires directement concernés, mais pas l'identité du supérieur qui les a couverts.

– Mais vous avez réussi à le retrouver, n'est-ce pas ? Car ces trois hommes sont bien morts.

– Oui. Parvenir à la tête de la DGSE était pour moi le meilleur moyen d'obtenir cette information. Une fois directeur, il me suffisait de profiter des jeux de réseau. Et puis, ce poste allait ensuite me permettre de peser lourd dans ma relation avec le MSE. L'exécution de ces salauds était devenue très simple à négocier. J'ai certes vengé mon frère, mais j'ai aussi rendu justice à l'armée française. Les hommes et les femmes qui la constituent sont de grande valeur et ils n'ont pas à être ainsi salis par les agissements de quelques rares individus à ce point sordides !

– Évidemment… C'est un point de vue commode pour mieux dormir.

– Si nous en revenions à Helen, poursuit Martin. Elle non plus n'a pas mérité votre pardon ?

– Je l'aimais tant… J'ai essayé de pardonner … En vain…, répond Barral dans un sanglot.

– Vous l'avez tuée parce que vous l'aimiez ? Allons Franck, un crime passionnel est toujours l'œuvre d'un pauvre type et ce n'est pourtant pas ce que vous êtes.

– Helen cristallisait toutes mes souffrances, la perte de mon frère et la trahison de ma femme quand j'avais le plus besoin d'elle… Ça me brûlait de l'intérieur… Oh bien sûr pas tout le temps ! Mais c'était plus fort que moi, cette haine m'obsédait même quand je ne la ressentais pas physiquement. Il fallait que je tue ce passé pour retrouver un avenir, que je le tue pour ne plus souffrir. Je ne voulais pas le faire moi-même… Simplement, je n'étais pas sûr de pouvoir résister encore longtemps…

– Alors pourquoi avoir attendu toutes ces années ?

– Pour une raison simple. Barral fait silence, puis il reprend : En quittant mon poste de directeur général, les quelques affaires étouffées au profit de Pékin, celle de Bosnie notamment, allaient forcément remonter à la surface. Dès lors, en compromettant Helen au moment opportun, je dissipais tous les soupçons à mon encontre. Sa disparition faisait partie du plan pour rendre sa culpabilité plus crédible en même temps qu'elle apaisait ma rage.

– Donc, si j'ai bien compris, vous pensiez faire d'une pierre deux coups avec la disparition d'Helen. C'est diabolique.

– En effet, reprend Hector, c'est diabolique d'avoir écrit le courriel tôt le matin à sa place et de l'avoir filmée avec deux agents du MSE. Mais tout n'est pas encore très clair pour nous, Franck. Par exemple, qui a recommandé le faux traiteur ? Et pourquoi un meuble réfrigéré ? De même, comment ont-ils persuadé Helen de partir avec eux ? Et d'où vient le cliché du MI-5 la montrant en compagnie du Seigneur-Fantôme ?

– C'est moi qui ai recommandé le traiteur à Helen. Le meuble glacière, lui, servait à endormir sa méfiance afin que les agents puissent entrer dans l'appartement. Ils ont ensuite usé de chantage en menaçant la vie de notre fils. Quant à la photo prise à Londres, la source chinoise qui renseigne le MI-5 est en fait un agent double du MSE. Il a pour mission de les intoxiquer. C'était donc facile de faire passer Helen pour un espion subordonné au Seigneur-Fantôme. Ce dernier a simplement approché ma femme en se faisant passer pour un touriste égaré qui demandait son chemin. En modifiant le contexte, on a changé le récit de la photo. Je n'avais ensuite qu'à brusquer Ricco pour qu'il use de son influence auprès du Premier ministre britannique et du MI-5… Mais je dois avouer que je n'avais pas imaginé un instant qu'il évoquerait l'UBSC.

– Et Teddy Lee dans tout ça ?

– Oh, Helen n'a jamais su qu'il était un espion. Son parcours est juste une coïncidence opportune que j'ai exploitée pour semer le doute…

Martin peine à contenir sa colère, une colère à la fois bouillonnante et rongée d'amertume.

– Où sont donc passés vos beaux principes ? La part de lumière du poème de Fondane ? Votre conservatisme éclairé qui apprend à marcher dans le monde ? J'ai lu votre bel article, mais tout ça n'est que du vent ! Vous ne l'avez jamais incarné ! N'est pas Philippe Gerbier qui veut, Franck !

– C'est vrai… Mais on ne peut pas toujours ce que l'on peut parfois.

– Et les intérêts français dans tout ça ? Pardonnez la naïveté de ma question, mais elle fonde notre raison d'être. Elle est ce pour quoi des agents ont sacrifié leur vie sous votre propre commandement. Et vous les avez trahis.

– Je n'ai trahi personne ! s'emporte Barral. Le vaisseau de notre civilisation est en train de sombrer et il faudra du temps pour le remettre à flot. Nous n'y arriverons pas seuls.

– La vérité, poursuit Martin sur le même ton, c'est que vous avez vendu la France aux Chinois pour aider une Écosse fantasmée et accomplir vos basses besognes !

C'est un coup d'estoc. Ébranlé par l'accusation, Barral semble groggy. Il baisse la tête, marque un long silence avant de bredouiller quelques mots : « Vous ne saisissez pas… Je voulais donner un nouveau souffle… Rendre à mes deux pays la fierté qui était la leur et le goût d'une souveraineté véritable… »

– Foutaises ! Au fond, Ricco avait raison, derrière vos beaux discours sur la grandeur fragilisée des nations, vous n'êtes qu'un petit homme plein d'une aigreur mortifère, tout juste capable de faire assassiner votre femme ! Et votre fils, qu'allez-vous lui dire ? Peut-être envisagiez-vous de le faire tuer, lui aussi ?

– Assez Martin ! tempête à son tour Hector. Veux-tu bien sortir te calmer, s'il te plaît !

Martin obtempère et sort sur le palier en claquant la porte. Barral continue de fixer le sol.

– Le vieux monde se retire, Franck. Vous n'y pouvez rien, poursuit Hector d'une voix apaisée.

– Quelle ironie, je suis devenu un de ces monstres du clair-obscur que je redoutais tant…

– Je ne peux pas vous donner tort sur ce point. Mais expliquez-moi plutôt ce que vous comptiez faire ensuite, une fois débarrassé d'Helen.

– Eh bien, poursuivre mes engagements quand l'enquête serait terminée. Il était convenu que le MSE m'exfiltrerait si d'aventure tout ne se passait pas comme prévu.

– Enfin Franck, vous ne comprenez toujours pas?… Vous avez été piégé!

– Piégé? Mais par qui?

– Réfléchissez. Comment expliquez-vous la présence du MI-5 à Portree le 17 août?

– Je ne sais pas… Il n'y avait aucune raison à cela… Quelqu'un les aurait informés?

– Assurément le même agent double qui a exposé Helen. Autrement dit, les Chinois vous ont lâché. Ils vous ont même balancé. Vous avez désormais contre vous Paris, Londres et Pékin.

– Bien sûr, le retraité devient un boulet… Quel imbécile! J'ai tout perdu… Jusqu'à mon fils.

– Il y a peut-être encore moyen de sauver quelque chose d'important à vos yeux.

Hector sort du bureau un moment plus tard et rejoint Martin, assis sur un canapé à l'extrémité du palier. « Il m'a demandé quelques minutes avant de nous suivre, le temps d'écrire un mot à son fils. » Un quart d'heure a passé quand soudain, le bruit d'une détonation se fait entendre. Les deux enquêteurs font irruption dans le bureau, aussitôt rejoints par les policiers. Barral gît sur la méridienne pourpre, l'épée sur le cœur. Le bras droit a chu sur le sol en même temps qu'un Walther PPK/S. Du sang coule des deux côtés de la tête. Sur le bureau sont disposés un verre et une bouteille de vieux Talisker contre laquelle repose une enveloppe. On y lit: *À Paul, mon fils bien-aimé.*

– Tu le savais, pas vrai ? Tu le savais et tu l'as laissé faire ! tonne Martin.

– C'est mieux pour tout le monde, répond simplement Hector.

21

Arracher à autrui et à soi-même une vie qui ne s'en allait pas encore ajoute au malheur du monde. Certains évoquent parfois le nécessaire sacrifice pour apaiser le tumulte. Mais d'où vient pareille violence ? De la part trop humaine ou inhumaine de l'Homme ? Car celui-ci est capable de cruauté et de bonté, de bruit et de musique. Toujours l'ombre naît de la lumière. Pourtant, l'assombrissement ne saurait être une fatalité. Il appartient à chacun de s'en écarter pour tendre vers l'astre. C'est maintenant à Paul de faire ce pas de côté pour peu qu'on l'y aide. C'est pourquoi Radomir vient en Sologne assister ce mercredi matin à l'enterrement des Barral et apporter un peu de soutien au grand orphelin.

Les dessous de l'affaire n'ont pas été révélés, pas même à Paul. Selon la version qui lui été donnée, Helen aurait été enlevée, puis vraisemblablement exécutée par les triades en représailles à des actions menées par les services secrets contre leurs intérêts. Il était vital pour le pouvoir politique de ne pas incriminer un acteur étatique, fût-il la Chine, afin de maintenir l'équilibre des relations. En l'absence du corps d'Helen, le décès a été judiciairement déclaré, conformément à l'article 88 du code civil. Quant à Franck, il se serait suicidé conséquemment à ce malheur, rongé par le sentiment coupable d'avoir provoqué indirectement la mort de son épouse.

Égide a ainsi fermé les coulisses avant de démonter les décors du théâtre. À la Centrale, les secrets les plus lourds sont les mieux gardés. L'institution devra toutefois tirer leçon de cette histoire. La barbarie ne surgit pas seulement des forêts vers le monde habité. Elle naît aussi de la rencontre terrible entre le goût de la civilisation et la déception existentielle. C'est un terreau usé mais toujours fertile pour les défections d'idéalistes amers, à qui les errances du pouvoir politique donnent parfois raison. Soucieux de l'enracinement face aux vents contraires, Barral a regardé au loin pour retenir ce qu'il sentait craquer sous ses pieds. Mais il n'a pas vu que ces lointains n'étaient faits que de marécages. Combien s'y sont déjà perdus et combien s'égareront encore ?

Parmi les personnalités présentes à l'enterrement se trouvent les amis du couple, dont Tristan et son épouse qui n'aura jamais à en connaître, ainsi que Pierre-Henri de Genet, représentant le Service auprès des plus proches. La foule se disperse après la mise en terre. Radomir attend le moment opportun pour s'approcher du fils, resté à côté du tombeau familial.

– Mon cher Paul, je vous adresse mes condoléances les plus émues.

– Radomir, vous avez toujours été là pour nous… Aujourd'hui, vous l'êtes encore. Merci mon ami. Mes parents avaient beaucoup d'estime et d'affection pour vous.

Les deux hommes s'embrassent. Radomir tend à Paul le bâton de randonnée de Franck.

– Le Président l'avait fait fabriquer spécialement pour votre père, qui me l'a ensuite offert. Je crois cependant qu'il vous revient… Il vous aimait, Paul, soyez-en sûr.

– Si seulement vous disiez vrai… Il a pourtant choisi de partir…

– Ne le jugez pas trop hâtivement. Le chagrin et le remords sont des meurtrissures profondes.

– Vous le savez mieux que quiconque, mon père était un idéaliste qui s'est davantage offert à la France et à l'Écosse qu'à sa propre famille. Mais en réalité, ce qu'il voyait en elles n'existe plus. Je me dis alors qu'il a peut-être fini par l'admettre… Sans pouvoir le supporter.

– Oui, lui-même disait n'avoir jamais rencontré son époque…

– Encore une chose, s'il vous plaît, Radomir. Dans la lettre qu'il m'a laissée figure un passage dont le sens m'échappe : « Mon désespoir est de ne pouvoir reconquérir l'innocence après le péché. Incapable de cette part de beau en l'Homme, je préfère m'en aller. Puisses-tu pardonner cette pudeur lâche. » Que voulait-il dire au juste ?

Radomir sent les larmes monter à ses yeux. Ne sachant que répondre, il se contente de secouer légèrement la tête. Il tapote affectueusement l'épaule du jeune Barral et, avant de s'en retourner, finit par marmonner cette phrase dans un sanglot : « Agrippez la terre, Paul… Agrippez la terre et surtout ne cédez rien au ciel, car les chimères se cachent dans les nuages. »

À deux cent cinquante kilomètres de Paris, près de Châteauroux, se situe la maison centrale de Saint-Maur, un établissement pénitentiaire de haute sécurité. Martin est assis sur une chaise en plastique bleu dans une petite salle aux murs blancs. Celle-ci est éclairée par la lumière du jour à travers une fenêtre équipée de barreaux. Il a posé sur la table devant lui un épais dossier. Le policier vient interroger pour la première fois un détenu enfermé depuis déjà seize ans pour crimes contre des biens et des personnes. Ce dernier était membre d'une organisation criminelle albanaise basée principalement en France et en Suisse. Sans doute l'est-il encore car nul n'en sort jamais vraiment, sauf les pieds devant.

Le prénommé Kreshnik arrive. Il est conduit dans la pièce, menottes aux poignets, par trois surveillants dotés de protections ; l'un d'eux tient en plus un bouclier en polycarbonate transparent. Le détenu s'assied en face de Martin, de l'autre côté de la table, sans opposer de résistance. Les gardiens ressortent et se postent derrière la porte qui reste entrouverte. Un officier s'installe à son tour dans la pièce à côté des deux hommes. Il s'assurera que tout se passe bien. Kreshnik est âgé d'une cinquantaine d'années, il porte un jogging noir assorti au tatouage *blackwork* qui surgit du dos pour recouvrir la moitié droite du cou, du visage et du crâne. Martin laisse passer quelques secondes avant d'entamer la conversation :

– Bonjour Kreshnik, on ne se connaît pas. Je suis de la police, mais je ne viens pas vous chercher des noises. Je souhaite juste comprendre quelque chose.

– Ah… Un flic qui veut comprendre plutôt que savoir, c'est intéressant, répond le détenu avec un fort accent. Et qu'est-ce que je gagne, moi, à t'éclairer sur le sens la vie ?

Martin sourit et ouvre l'épais dossier posé sur la table. « Je me méfie souvent de ce qui est écrit dans les rapports. Il arrive que des trucs soient modifiés pour faire rentrer les gens et les évènements dans des cases. C'est tellement plus pratique à classer. » Kreshnik observe Martin d'un air amusé. Il attend la question. Sortira-t-elle des cases habituelles ?

– Votre réseau criminel a été démantelé grâce à l'infiltration d'un agent du Service intérieur. Je lis ici une partie de votre déclaration : « On sait qui est le sale flic qui nous a roulés. Il est déjà mort. » Pourtant, je crois savoir qu'il a survécu. Alors, comment expliquez-vous ça ? Vous autres, les mafieux albanais, vous crieriez finalement plus fort que vous ne frappez ? Ça m'étonne.

– *Ke të drejtë*, répond Kreshnik en souriant. Effectivement, ce n'est pas une question qui rentre dans les cases !

– Si vous m'aidez et que mon enquête aboutit, je pourrai peut-être vous renvoyer l'ascenseur, dans la mesure du raisonnable évidemment. Qu'en dites-vous ?

Kreshnik réfléchit.

– Oui, pourquoi pas ? Mais dans la mesure du raisonnable évidemment, répond-il avec humour. En fait, ce pourri a un protecteur puissant avec qui mes chefs font affaire. Disons que tout le monde y gagne pour l'instant. Mais ça ne durera pas toujours… Il s'imagine nous échapper en se planquant au Canada, mais le moment venu, nous lui tomberons dessus.

– Au Canada ? Intéressant. Et que pouvez-vous me dire sur son protecteur ?

– C'est un animal… Un animal qui protège un autre animal.

– Je ne vous suis pas…

– Une tortue qui protège un poulet! Kreshnik se prend à rire avant de poursuivre : Mais ça ne pourra pas marcher longtemps face à l'aigle albanais!

« Nom de Dieu! » lâche Martin, tandis qu'il s'adosse à la chaise, les mains derrière la tête. « Tu parles d'une intuition, tout s'explique à présent! »

Pendant ce temps à Paris, Hector sort de la Centrale. C'est bientôt l'heure de la pause déjeuner, aussi se dirige-t-il vers la « tour de la Montagne d'or ». Il pénètre dans le restaurant où sont déjà installés quelques clients, salue la serveuse et se dirige, comme à chaque fois, vers la porte à droite au fond du couloir. Il entre dans une pièce mal éclairée, un espace de stockage où sont mis en réserve de nombreux produits. On y trouve aussi quelques sacs de riz posés à même le sol et deux accès, l'un vers la cuisine et l'autre vers l'extérieur par l'arrière du bâtiment. Un homme attend sa venue. Il est appuyé contre le mur et porte sur la joue gauche une longue cicatrice.

– Bonjour Rodolphe. Fermez la porte s'il vous plaît.

– Bonjour Seigneur-Fantôme.

– Félicitations pour votre promotion. Avec vous à la tête du BAR, nous allons faire de grandes choses.

– Ah, vous êtes déjà au courant… Cela signifie que je ne suis pas le seul, c'est ça?

– On n'est jamais suffisamment préparé, répond le Seigneur-Fantôme en souriant. On dit chez nous que réguler le désordre plutôt que le prévenir revient à creuser un puits lorsque la soif se fait sentir. Mais soyez rassuré, vous restez l'une de nos pièces maîtresses. D'ailleurs, vous m'avez impressionné à deux reprises. D'abord sur Skye lorsque vous avez recentré l'enquête sur Barral, puis chez lui quand vous l'avez poussé au suicide. Bravo, vous avez bien manœuvré.

– Ce n'était pas difficile. En Écosse, il suffisait de m'appuyer sur quelques indices et de prétexter l'intuition. L'organisation des faits a validé tout le reste. Quant à Barral, il savait qu'il avait tout perdu en apparaissant aux yeux de son fils comme le traître qu'il était et l'assassin de sa mère. Il a aussi compris que la Chine ne voulait plus de lui et qu'il serait arrêté, puis jugé en France ou en Grande-Bretagne. Je lui ai alors expliqué que le MSE s'arrangerait pour le faire mourir en prison, afin d'éviter qu'il ne parle, après avoir provisoirement échangé son silence contre la vie de son fils. Alors, quitte à mourir, mieux valait le faire rapidement, en liberté et en conscience, pour sauver ce qui pouvait l'être. Dès lors, son fils se trouverait hors de danger, l'affaire serait étouffée et sa dignité préservée. En plus, Barral savait que la DGSE accepterait cette dernière option sans rechigner puisque c'était assurément la plus discrète et la meilleure pour l'image de l'institution.

– Genet a accepté ?

– Sans hésiter, ainsi que les cousins de l'Intérieur. Londres joue également le jeu. Ils sont contents d'avoir engagé un partenariat et un canal de communication avec les services français. Il faut croire que la situation a bien changé depuis le Brexit. En revanche, ma seule inquiétude concerne Martin Cornwell. Je crains qu'il ne finisse par se douter de quelque chose.

– Soyez tranquille, nous nous occupons de lui. Autre chose sur Barral ?

– Non… La conclusion de tout ça est simplement tragique, comme la vie l'est souvent. Un homme qui disait œuvrer pour de grandes causes, mais qui n'était mû que par des motivations bassement personnelles…

– Détrompez-vous, Rodolphe. Barral croyait sincèrement contribuer à l'indépendance d'une Écosse fière en même temps qu'il souffrait du déclin français. Pour lui, l'étape suivante consistait à redonner à la France un second souffle sur le modèle de la réussite écossaise, telle qu'il l'avait espérée. Simplement, tout le monde n'est pas à la hauteur de ses idéaux.

– Mais pourquoi collaborer avec la Chine ? C'est un peu contradictoire, non ?

– Pas forcément. Il disait qu'en dialoguant avec une puissance civilisationnelle, la France reprendrait goût à l'idéal de civilisation.

– Peut-être… Quant à moi, j'éprouve surtout de la peine pour Helen. Elle était une femme bien.

– Helen n'est pas morte… Nous ne la tuerons pas, contrairement à ce que voulait Barral. Lui ne présentait plus aucune utilité et devenait même une contrainte. Le pouvoir de faire disparaître les gens qui vous indisposent monte à la tête. C'est un problème et il n'aurait pas supporté la frustration de ne plus pouvoir y céder. En revanche, laisser la vie sauve à Helen est un signal que nous vous envoyons. Voyez comme nous pouvons être bien disposés en cas d'intérêts communs.

– Continuerez-vous donc de l'être avec mon père ?

– Bien sûr. Aussi longtemps que vous accepterez de coopérer, nous le protégerons.

Rodolphe hausse les épaules avec résignation.

– Je n'ai guère le choix de toute façon… J'ai une dernière question avant de repartir : Barral a-t-il utilisé un des trente-six stratagèmes ?

Le Seigneur-Fantôme sourit.

– Oui, le quatorzième : « Emprunter un cadavre pour y reloger une âme », inspiré de Li à la béquille de fer. Barral s'est ainsi servi d'Helen pour se protéger lui-même. Mais il n'a pas été habile. Le commentaire du texte dit : « Il est malaisé d'emprunter à autrui ce qui lui sert, aisé d'obtenir ce qui lui est inutile. En empruntant et en utilisant ce qui d'ordinaire ne sert pas, ce n'est pas moi qui sollicite le jeune ignorant, mais lui qui me sollicitera. »

– Je ne suis pas certain de comprendre…

– Barral est ce qui ne sert plus, Genet, le jeune ignorant. Mon cher Rodolphe, c'est vous qui venez d'appliquer avec succès le quatorzième stratagème.

第十四計

借尸還魂

有用者不可借不能用者求借借不能用者

而用之匪我求童蒙童蒙求我

Références de l'article cité par Meredith à Londres dans le chapitre 14 :

Peter L. Mattis, « Assessing Western Perspectives on Chinese Intelligence », *International Journal of Intelligence and CounterIntelligence*, vol. 25, n° 4, 2012, p. 678-699.

Déjà paru dans la collection

SANG-FROID

Déjà paru dans la collection

SANG-FROID

Déjà paru dans la collection

SANG-FROID

Déjà paru dans la collection

SANG-FROID

Déjà paru dans la collection

SANG-FROID

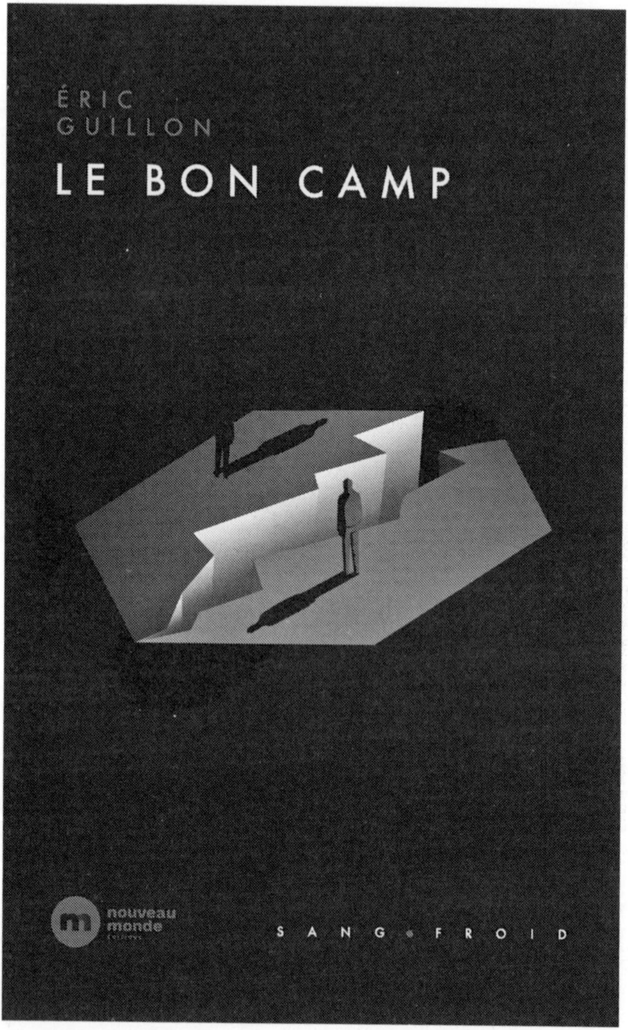

Déjà paru dans la collection

SANG-FROID

Déjà paru dans la collection

SANG-FROID

Achevé d'imprimer en août 2023
dans les ateliers de Normandie Roto Impression s.a.s.
61250 Lonrai (Orne)
N° d'impression : 2303210
Dépôt légal : août 2023

Imprimé en France